http://www.bbulmedia.com

the 리더

BBULMEDIA FANTASY STORY

희배 퓨전 판타지 소설

the 러더

6

뿔미디어

CONTENTS

제1장

황제의 아이들

꿩 잡는 게 매라는 말이 있다.

과정이야 어떻든 결과가 좋으면 그것으로 그만이라는
뜻이다.

카벨 피파 회장을 도발한 '환' 종합매니지먼트사의
'온누리배 국제축구대회' 개최를 세계 축구계에서는 그
런 의미로 해석했다.

"그깟 엘로우 멍키들에게 형편없이 내둘리는 것을 보
니 카벨 F 포르테도 이제 한물갔나 봐."

"그러게. 아무리 철혈의 승부사라도 세월 앞에서는 별
수가 없는 모양이야. 하긴 나이가 나이니만큼 그럴 수밖에 없겠지."

카벨이 최강권과 함께 누리 돔을 참관하는 장면이 외신을 타면서 이 같은 말들은 신빙성이 더해졌다.

어지간한 나라의 정상들에게도 깍듯하게 대우를 받는 그가 새파랗게 어린 최강권에게 정중한 자세로 일관했기 때문이다.

정말이지 누가 보더라도 저 사람이 세계 축구계를 15년 동안이나 쥐락펴락했던 그 사람이 맞는가 싶어 보였던 것이다.

카벨 F 포르테 피파 회장의 방한 이틀째.

방한 첫날에 최강권, 그룹 '환' 회장과 비밀 회동을 한 카벨 F 포르테 피파 회장은 '온누리배 국제축구대회'가 열리게 될 누리 돔으로 갔다.

수많은 내외신 기자들이 그 뒤를 따랐지만 무언가 허전한 구석이 있었다.

피파 회장이 방한했으니 대한축구협회 회장이 수행을 해도 모자랄 판에 정작 수행을 한 사람은 통역도 없이 김정호 부회장뿐이었다.

물론 그룹 '환'에서 파견 나온 직원들이 피파 회장 일행을 수행하려고 따라붙기는 했지만 아직껏 한 번도 전례가 없던 일이었다.

'피파 회장이 뜨면 국가 원수가 직접 맞이하지는 않더라도 최소한 그 나라의 축구 협회장 정도는 수행해야 하지 않나?'

이게 내외신 기자들의 공통된 생각이었다. 그런데 이상한 것은 카벨 피파 회장의 안색이 방한 당시와는 눈에 띄게 밝아졌다는 것이었다.

카벨 피파 회장의 방한 첫째 날과 둘째 날의 사이에 있었던 사건이라면 그룹 '환' 의 CEO인 최강권 회장과의 비밀 회동뿐이었다.

'설마 최강권 그룹 '환' 회장과 비밀 회동 때문에……
그 회동에서 무슨 이야기가 오고 갔기에 카벨의 얼굴이 저렇게 밝아졌지?'

내외신 기자들은 두 사람의 비밀 회동에서 무슨 말이 오갔는지 궁금하지 않을 수 없었다.

'도대체 무슨 말이 오고 갔을까? 그걸 안다면 대박일 텐데, 그룹 '환' 에서 내부 일이 외부에 공개된 적은 아직까지 한 번도 없었으니…….'

그룹 '환' 출범 자체가 불과 1년 안쪽이긴 했지만 그렇더라도 소소한 것은 새어 나와야 정상이다. 그런데 그룹 '환'은 자체에서 보도 자료를 배포한 것 외에는 일체 새어 나오지 않았다.

그룹 '환'은 현재 6개의 시군과 투자 유치에 대한 MOU를 체결했고, 100여 곳의 중소기업들과 협력 관계를 체결했지만 외부에서는 전혀 알아차리지 못했다.

그룹 '환'에서 보도 자료를 배포하고야 겨우 알게 되었다.

그렇다고 그룹 '환'에 잠입해서 무언가를 캐려는 것은 생각할 수조차 없었다.

그룹 '환'의 경비, 경호 업체 씨크릿 컴퍼니는 전국구 조폭 두목이었던 자들과 특수부대를 장기 근무했던 자들 100여 명로 구성되어 있다.

그 정도야 까짓것 할 수도 있겠지만 씨크릿 컴퍼니의 구성원들이 다 일당백일 뿐만 아니라 걸리면 후환이 두렵기 때문에 감히 시도조차 하지 못한다.

누리 돔으로 가는데 피파 회장 일행은 '환' 항공이 운영하는 비행선을 이용했다.

럭비공 모양의 비행선은 헬륨 가스를 집어넣는다는 점에서는 다른 것들과 유사했다. 하지만 사람이 타는 부분은 내부에 들어가 있어서 바람의 영향을 최소화시켰다는 점에서 차별적이었다.

게다가 '미리내'처럼 사람이 타는 부분은 항상 수평을 유지할 수 있도록 설계되어 있어 어떤 악천후에도 탑승감은 쾌적하기까지 했다.

또한 외부 격벽을 투명하게 할 수도, 불투명하게 할 수도 있었다. 특히 투명하게 했을 때의 전망은 죽음 그 자체였다.

"햐! 죽이는군. 이래서 근두운(觔斗雲)이라고 하는 모양이지?"

"근두운이라면 손오공이 타고 다닌다는 구름 아냐?"

"맞아. 보통 손오공이 구름을 타고서 손을 이마에 대고 먼 데를 바라보잖아? 그래서 그렇게 불리는 모양이야."

"설마 정말 그럴라고?"

"하하하, 말이 그렇다는 얘기지."

한국 기자들이 농담하는 것을 옆에서 듣고 있던 외국 기자가 흥미롭다는 듯 물었다.

[익스큐즈 미, 이 비행선이 근두운이라고 불린다고요?]

벽안 기자의 물음에 대화를 하던 한국인 기자 중 한 사람이 대답해 주었다.

[예. 그렇게 불린다더군요.]

[그런데 탑승감이 끝내주는데 이 비행선은 어디에서 만들었나요?]

[이 비행선의 재질이 '미리내'와 '보라매'와 같은 단백질 섬유라고 하니까 아마 이런 비행선을 만들 기술은 사우스 코리아의 '환' 그룹이 유일할 걸요?]

[그래요? 그런데 이 비행선이 얼마나 빠를까요? 이 비행선의 빠르기가 기존의 제트기처럼 빠르다면 비행기 제작 회사들은 줄도산을 당하게 될 것 같은데요.]

이 벽안 기자의 궁금증은 때마침 들려오는 기내 방송으로 어느 정도 해소되었다.

─여러분이 타고 계시는 비행선은 일명 근두운으로 '환' 항공이 특별 제작한 것으로 전 세계에 오직 열 대밖에 있지 않습니다. 여러분이 탑승하고 계시는 이 근두운은 그 열 대의 비행선 중에서 제3호기입니다. 근두운은 길이가 300m에 가장 넓은 쪽의 폭이 50m로 총 12개 층으로 이루어져 있으며 1,500명의 승객을 태우고 마하 3의 속도로 날 수 있습니다. 800명의 승객을 태울 수 있는 Airbus380에 거의 두 배에 달한다고 할 수 있습니다. 더 놀라운 것은 1,500명의 승객을 태우고도 무려 500t의 화물을 적재할 수 있다는 것입니다. 이것은 러

시아가 자랑하는 최고의 전략 수송기인 Antonov—
An320의 최대 적재량인 190t을 훌쩍 뛰어넘는 것입니
다. 따라서 여러분은 세계 최고의 비행선을 타고 계시는
것이라고 할 수 있습니다. 그렇지만 이 근두운의 최대 장
점은 어떤 악조건에서도 여러분들을 목적지까지 안전하
게 모실 수 있다는 데 있습니다. 게다가 헬파이어 미사일
에도 충분히 견딜 수 있도록 설계되어 있습니다. 그러니
승객여러분께서는 안심하고 비행을 즐겨주시기 바랍니다.

　먼저 한국어로 방송된 다음 이어서 영어, 중국어, 프랑
스어, 스페인어 등 4개 국어로 방송이 되었다. 그것으로
끝이었다.

　일본어로 방송이 되지 않은 것은 강권의 결정이었다.

　일본어로 방송이 되지 않자 10여 명의 일본 기자들의
안색이 시뻘겋게 달아올랐다.

　일본이 쇠퇴일로에 놓여 있지만 여전히 세계 5위 내에
끼는 경제 대국이었다.

　그런데도 자기네들 나라보다 열등하다고 여기고 있는
한국에 무시당했다는 생각이 드는 모양이었다.

　'빠가야로!'

　누가 바보라는 소리인지는 몰라도 10여 명의 일본 기

차들의 공통된 속내였다.

일본 기자들의 이런 속내와는 달리 미국 기자들 역시 나름 걱정이 되는 게 있었다.

'1,500명의 승객에 500t의 화물을 싣고 마하 3으로 비행한다면…… 생각만 해도 끔찍하군. 만약에 이 비행선이 대량으로 보급되기라도 한다면 우리 미국의 항공 회사들은 전멸이 될 수밖에 없겠어.'

언제부터인가 연 2조 달러라는 세계의 군수 시장이 당장 반 토막이 되었다.

문제는 이후 군수 산업이 더 절단이 날 것이라고 보는 시각이 우세하다는데 있었다.

매출이 대폭 축소되고 전망도 회색빛으로 물들자 감원(減員) 태풍이 뒤따르는 것은 당연한 일이었다.

세계 10대 군수 기업 중에서 미국에 무려 7개가 있고 20대 군수 기업에는 13개가 미국 기업이 차지하고 있다. 매출 거의 80%를 미국 군수 기업들이 차지하고 있다는 얘기였다.

이런 황금알을 낳는 산업이 반 토막이 되었다는 것은 미국 경제를 지탱하고 있는 한 축이 부러진 것이나 마찬가지였다.

'미리내' 때문이라는 말도 있고, '보라매' 때문이라는 말도 있지만 그 둘 모두가 그룹 '환'에서 만든 것이었다.

이처럼 주력 산업 중 하나가 된서리를 맞았는데 이 비행선이 대량 생산되어 팔린다면 또 미국의 다른 주력 산업인 항공 산업마저도 위태롭게 될지 모른다.

긴급하고도 특별한 경우에 한정되었던 항공 화물이 근두운이 대량 보급되면 일상의 화물처럼 바뀔지 모른다. 이것은 엄청난 변화가 아닐 수 없었다.

영원할 것 같은 미국의 영화가 물량에서는 중국에게 밀리고 있는데 이제 기술에서는 코리아의 한 기업에 의해서 이류로 전락할 처지에 놓인 것이다.

이런 걱정을 달래주기라도 하는 듯 기내 방송이 흘러 나오고 있었다.

—여러분이 타고 계시는 이 근두운을 타시는 경험은 오직 대한민국에서만 하실 수 있습니다. 그것도 인천국제 공항과 평창공항을 매 시간마다 운행하는 코스와 누리 종합 리조트 사이를 10분 간격으로 운행하는 코스뿐입니다. 그룹 '환'의 오너이신 최강권 회장님께서는 세계 경제를 생각하셔서 근두운을 더 이상 생산하지 않겠다고 하셨기 때문입니다. 이 색다른 경험을 더욱 짜릿하게 만들어 드리기 위해서 본 기장은 3호기에 있는 여러 가지 첨단

설비들을 체험시켜 드리겠습니다. 가장 먼저 여러분이 하늘을 날고 계시다는 것을 실감시켜 드리기 위해서 여러분이 앉아 계시는 바닥면과 격벽을 투명하게 바꾸겠습니다. 고소공포증이 있으신 분들은 눈을 감도록 하시기 바랍니다.

[피터, 저 말을 믿어?]

[무슨 말?]

[그룹 '환' 최강권 회장이 세계 경제를 생각해서 이 비행선을 더 만들지 않기로 결정했다는 개소리 말이야.]

[그게 개소리라고?]

[그렇지 않음, 몇 조 달러에 이르는 항공 우주 산업을 거의 독점할 수 있는데 포기하려는 바보가 어디에 있단 말이야? 너 같으면 그러겠어?]

[로드리게스, 그런 바보라도 있어야 세상이 어느 정도 살 만해지는 것 아니겠냐? 너도 생각해 봐. 최강권 회장이 세계 자동차와 선박, 항공기 회사들을 완전 절단낼 수 있는 '미리내'를 딱 10대만 만들어 판 것을 보면 그럴 수도 있지 않겠어? 그것도 연구용으로 말이야.]

로드리게스는 피터의 최빠에 가까운 대답에 당장 반박을 했다.

[피터, 나는 네 말에 찬성할 수 없어. 세상에 떼돈을 벌 수 있는 걸 다른 나라의 경제를 생각해서 더 이상 생산하지 않는다는 게 말이나 된다고 생각해? 그리고 '미리내'를 더 이상 만들어 팔지 않은 것은 세계기업연합과 강대국들의 반발 때문이잖아?]

　[그게 상식적이긴 한데 내가 알기로는 꼭 그렇지만도 않은 것 같더라.]

　[꼭 그런 것 같지는 않다니?]

　[우리가 알지 못하는 뭔가가 있는 것 같아. 이번 대한민국의 대통령 취임식만 봐도 무언가 느껴지지 않아? 동양의 작은 나라인 대한미국 대통령의 취임식에 오지 말라고 사정을 하는데도 거의 모든 나라들의 정상들이 참석하려고 안달을 했잖아? 언제 그런 적이 있었던가? 그것은 그 배경에 꼭 무언가 있다고 얘기해 주는 것 같거든.]

　피터와 로드리게스의 대화가 이어지는 동안 비행선의 격벽은 투명하게 변해 있었다.

　그런데 이 격벽이 렌즈 작용을 하는지 수백 미터 상공이었는데도 지상의 정경들이 손에 만져질 듯 가깝게 느껴져 탄성이 쏟아지고 있었다.

　기장의 멘트에 탑승객들은 나름 기대를 하고 있었는데 발아래 펼쳐지고 있는 광경은 전혀 그 기대에 어긋나지 않은 것이었다.

[오우, 제니, 내 발 아래로 산과 강이 손에 잡힐 듯해. 보여? 내가 날고 있다고!]

[쿤터, 아래 길게 뻗어 있는 고속도로를 좀 봐. 차들이 우리를 따라오는 것 같아.]

이런 감탄은 놀라운 일에 워낙 단련이 되어 왔던 한국 기자들에게도 마찬가지였다.

"허참! 날고 있는 거야 비행기를 타도 나는 걸 왜 저리 호들갑이람?"

"그러게. 외국인들을 보면 어쩔 때는 정말 이상한 것 같아. 우리가 봤을 때는 아무것도 아닌데 저렇게 호들갑을 떨고 있으니 말이야."

"그러게 말이야."

말은 이렇게들 하고 있었지만 바로 아래서 고속버스가 비행선으로 달려드는 것만 같아 자기도 모르는 사이에 움찔거리고 있었다.

3D화면이 따로 없었다. 아니, 완전 현실 상황이니만큼 정말로 고속버스가 비행선으로 돌진하는 것처럼 느껴지고 있었던 것이다.

VIP들을 위한 퍼스트클래스에 있는 카벨 F 포르테도 경악에 빠져 있었다.

'세상에 이런 비행선이 존재하다니…….'

카벨이 경악하는 이유는 이처럼 다른 곳에 있었다.

분명 공중을 날고 있는데도 평지에서 있는 것처럼 편안하게 느껴졌기 때문이다.

카벨이 피파 회장을 하는 동안 수십만 마일의 비행을 하면서 수많은 기종의 비행기를 타보았지만 이처럼 편안한 비행은 처음이었다.

카벨은 동행하는 그룹 '환'의 직원에게 은근히 물었다.

[미스터, 이 비행선은 누가 생각해 낸 것입니까?]

[카벨 회장님, 제가 듣기로는 회장님께서 직접 설계하셨다고 알고 있습니다. 전천후 승용차인 '미리내' 역시 회장님께서 손수 설계하시고 제작하신 것입니다. 그래서인지 이 비행선에 '미리내'의 기능이 상당 부분 차용되었다고 합니다.]

['미리내'를 타 보셨습니까?]

[하하, 어딜요? '미리내'는 전 세계에 딱 열두 대만 존재한다고 합니다. 그중 열 대가 연구용으로 외국에 팔려 나갔고, 한 대는 우리나라 대통령님 전용기이고, 나머지 하나는 회장님 전용기입니다. 그걸 탈 수 있는 사람들은 VVIP라고 봐도 될 겁니다.]

문득 미쉐린 연방대통령의 우려가 기우가 아니었다는 것을 체감할 수밖에 없었다.

그가 75년을 살아오면서 만났던 수많은 사람들 중에서도 최강권이라는 인물은 자기의 판단으로는 잴 수 없는 존재였다.

어떤 상황에서도 다시는 부딪히고 싶지 않은 인물. 그 인물이 바로 최강권이었던 것이다.

"존경하는 포르테 회장님, 어쩌자고 미국도 두려워하고 중국도 벌벌 떠는 세계의 막후 실력자에게 노여움을 안기셨습니까?"

카벨은 귓가에 미쉐린의 걱정스런 말이 맴도는 것 같았다.

"치수야, 우리 훈련 장소를 옮긴다는 얘기 들었냐?"

"응, 가리왕산에 있는 캠프로 옮긴다고 그러던데."

"가리왕산?"

"평창에 있는 산이라는 것 같더라. 왜 있잖아? 누리

돔이 있다는."

"어! 그럼 우리 누리 돔에서 훈련하는 거야?"

"조교님께 그렇다는 말은 들었지만 확실치는 않아."

박치수와 성재만은 축구 선수로 고등학교를 졸업했지
만 오라는 곳이 없어서 나이트 클럽에서 기도를 보고 있
었다.

하루는 나이트 클럽 사장이 '환' 종합매니지먼트사에
서 선수를 뽑는다고 가서 응시하라고 했다.

박치수와 성재만은 별다른 기대를 하지 않고 응시를
했는데 덜컥 붙어서 연봉 4,500만 원에 계약을 하게 되
었다.

'환' 종합매니지먼트사와 매니지먼트 계약을 체결하고
매니지먼트 비용으로 33%나 떼어갔지만 그것만으로도
3,000만 원이라는 거금을 손에 쥐게 되었다.

그리고 곧장 음성에 있는 '환' 스포츠 센터에 입소해
서 훈련을 받고 있었던 것이다.

이 '환' 스포츠 센터의 입소는 완전 군대에 입대하는
것과 마찬가지였다.

처음 6개월 동안은 외출, 외박이 일체 없고 오로지 훈
련뿐이었다.

훈련도 축구에 관한 훈련이 아니라 하루 24시간 오로지 육체 훈련이었다.

어떻게 자는 시간도 훈련에 포함시키느냐고? '환' 스포츠 과학센터에서 만들어낸 '드리프팅 시스템'은 그걸 가능하게 만들었다.

드리프트는 영어로 흐름이라는 의미다.

그러니까 '드리프팅 시스템'은 간단히 말해서 흐름에 순응하는 훈련인 셈이었다.

드리프트 캡슐에 들어가 현재의 몸 상황에 맞춰 목표치를 설정하면 수면을 취하면서도 목표치에 맞는 근육은 활동을 하게 된다. 피곤하지 않느냐고? 원래 훈련이란 것이 항상 피곤한 것이지 않은가? 물론 그렇다고 몸을 혹사하는 정도는 아니었다.

스펙을 키워준다나 뭐라나…… 아무튼 13초 턱걸이하던 100미터를 11초대로, 60cm대던 서전트 점프는 무려 90cm대로 끌어올렸으니 효과가 있는 정도가 아니었다.

그런데 박치수와 성재만의 성과는 딱 중간 정도였다. 100m 주력이 10초대인 아이들이 10여 명이나 더 있었고, 서전트 점프가 무려 115cm가 되는 아이도 있었다.

지금은 은퇴한 농구 황제라는 마이클 조던이 110cm,

도미닉 윌킨스 107cm를 뛰었다니 정말 어마어마하다고
하지 않을 수 없었다.

불행스런 것은 박치수와 성재만이 상비군 150명을 뽑
는 로스터에 속해서 누리 축구단에 포함되었다는 것이다.

박치수와 성재만처럼 상비군 로스터에 포함이 되면 비
로소 누리 상비군으로 불렸다.

누리 상비군은 일명 '황제의 아이들'로 불렸다. 이 황
제의 아이들은 단일 종목으로는 축구가 30명으로 가장
많고, 그 뒤를 이어서 야구가 20명이었다.

육상이 50여 명, 수영이 10여 명, 기타 종목에서 40
여 명이었다.

이들에게 위안이라고는 엄청 잘 먹는다는 것이었다.
놀라운 것은 그저 잘 먹는 것에 그치지 않고 개개인의 몸
에 꼭 필요한 식단으로 맞춤형의 식사를 한다는 것이었
다.

이들은 하루 5끼를 먹었는데 이들에게 들어가는 하루
식대가 대략 1억 원이 넘는다고 했다. 한 끼에 13만 원
이 넘는 셈이었다.

물론 '환' 종합매니지먼트사 직원들과 조교들도 함께
먹으니 13만 원 꼴이야 되지 않겠지만 그렇더라도 어마
어마하게 잘 먹는다고 볼 수 있었다.

물론 돈을 많이 들인다고 해서 무조건 몸에 좋은 것은 아니다.

하지만 23C 과학에 의거한 식단은 인체에 최적의 반응을 이끌어낼 수 있었다.

중국의 마군단이 먹어서 유명한 동충하초와 같은 것도 심심치 않게 먹었고, 영지버섯이나 홍삼 엑기스 같은 것도 식수 대용으로 지급이 되었다.

이처럼 잘 먹고, 꾸준하게 운동을 하자 훈련 센터에 입소한 후 운동 능력은 2~3배에 이르렀다.

"정윤술 원장, 애들은 어떤가?"

"예. 회장님, 이미 최적의 상태로 만들어 놓았습니다. 흑인들의 탄력과 유연성, 백인들의 폭발적인 힘, 우리 황인종 특유의 지구력까지 어느 것 하나 소홀하게 다루지 않았습니다. 그런데 6월에 어느 정도 성과를 내기 위해서는 지금쯤은 공을 다루어야 하지 않을까 싶습니다."

"그런가? 국가 대표 팀은 언제 누리 돔으로 온다고 하던가?"

"그게…… 죄송합니다. 대한축구협회에서 협조가 미흡합니다. 소속 클럽 팀에서 선수를 보내지 않는다는 핑계를 대고 있지만 아마 주승연 대한축구협회 회장이 좀 트는가 싶습니다."

주승연 대한축구협회장은 최강권이 김정호 부회장을 감싸고 돌자 그게 서운했던 모양이다.

그래서 그런지 선수들 차출 공문을 성의 없게 보내서 클럽에서 선수들을 보내지 않았다.

클럽으로서는 사정을 해도 보낼까 말까인데 대한축구협회에서 거의 강압적으로 협조 공문을 보내니 협조가 될 리 만무했던 것이다.

"정윤술 원장, 그래서 어떻게 하겠다고 하던가?"

"예. 국내 프로 리그를 중심으로 상비군을 보내겠다고 하더군요."

"상비군이라······ 어쩌면 우리 애들에게는 그 친구들이 더 나을지도 모르겠군. 그런데 언제쯤 보낸다고 하던가?"

"예. 선수단 구성을 하는 대로 보내겠다고 합니다."

"뭐야? 협조 공문을 보낸 것이 언제인데 아직까지도 선수단 구성을 하지 않았단 말이지? 그럼 어떻게 하겠다고 하던가?"

강권의 약간 짜증 섞인 목소리에 정윤술은 식은땀을 흘리며 쩔쩔매다 간신히 대답을 했다.

"저, 그것이······ 대한축구협회의 공식적인 대답은 아니지만 국가 대표 팀의 훈련은 대한축구협회에서 알아서 하겠다고 합니다."

"국가 대표 팀의 훈련은 대한축구협회에서 알아서 하겠다고?"

"예. 어르신."

정운술은 엄청 당황했는지 회장님이라고 했다 어르신이라고 했다 호칭을 뒤섞어 대답했다.

국가 대표 팀의 훈련은 대한축구협회에서 알아서 하겠다고 한 말은 말이야 맞는 말이었다. 그런데 내막을 파보면 그게 아니었다.

원칙에 의해서라기 보다는 괘씸죄라고 보는 게 나을 성싶었다.

부회장 김정호도 사실 축구계의 주류에 속한 인물이 아니고 비주류에 가까운 인물이었다.

김정호는 전남 와이번즈의 프런트에 있다 대한축구협회 부회장이 된 인물이었다.

피파 부회장을 지낸 정준형 의원은 피파 회장에 출마하면서 와이번즈 구단주와 모종의 딜을 했고, 그렇게 김정호는 대한축구협회 부회장이 되었다.

문제는 정준형이 피파 회장 선거도 나가보지도 못했지만 딜 때문에 김정호를 대한축구협회 부회장으로 앉혀야 했다는 데 있었다.

한국 축구가 카벨 피파 회장의 노여움을 피하는 길은 정준형이 대한축구협회장에서 물러나는 것뿐이었다.

정준형이 자기 사람인 주승연을 대한축구협회장으로 추대하려고 김정호를 부회장으로 앉혔지만 궁극적으로 김정호는 정준형에게 속하지 않은 사람이었다.

그런 김정호를 최강권이 싸고 돌자 은근 심술을 부린다고 봐야 할 것이다.

물론 대한축구협회장인 주승연이 직접 그룹 '환' 의 제의를 거절하지는 않았다.

기술위원회에서 거부권을 행사한 형태로 그룹 '환' 의 제의를 거절한 것이었다.

여기에 K 리그 축구 구단을 운영하는 오성, 한도, 세경 등의 대기업들이 거절하도록 압력을 행사한 것도 무시할 수 없을 것이다.

그리고 예전과는 달리 정치인들이 축구계에 압력을 행사하는 게 쉽지 않다는 것도 작용했을 것이다.

하지만 그것은 어디까지나 자기들의 처신이 올바르고 나서 계산해야 할 일이었다.

대기업도 그렇고 대한축구협회도 그렇고 온갖 오폐물로 가득한 시궁창보다 더 더럽고 악취가 나는데 어찌 그게 호신부가 될 수 있으랴.

강권은 이것저것 따져 보자 대충 그림이 그려졌다.

'호! 한 번 해보자는 건데 도대체 무얼 믿고 그러누? 두고 보지.'

강권은 대한축구협회를 손보기로 작정을 했다. 물론 당장은 아니었다.

그러려고 해도 씨크릿 팀이 언론 매체들의 비리를 캐기 위해 총가동되고 있어서 여유 인원이 없는 게 그 이유였다.

"자! 오늘 강원대와 친선 경기가 있다. 오늘 우리 회장님과 카벨 피파 회장도 본다는 것 같으니 최선을 다하길 바란다."

"조교님, 피파 회장이 우리 경기를 지켜본다고요?"

"그렇다. 오늘 아침에 우리 체육 센터 원장님께서 직접 말씀해 주셨다."

"야! 짱이다. 우리 같은 애들이 시합을 하는데 피파 회장이 직접 참관을 한단 말이지?"

누리 축구단 선수들은 천재일우라고 여기고 최선을 다

하겠다는 생각이었다.

하지만 그들이 알지 못하는 것은 그들이 입고 뛸 유니폼과 축구화에 좀 별난 장치가 되어 있다는 것이었다. 그 별난 장치는 경기가 시작되면서 유니폼은 10kg 늘어났고 축구화는 2kg씩 늘어난다는 것이었다.

그 14kg이 아무것도 아닌 것 같지만 경기를 하면 그 14kg이 140kg처럼 느껴질 수도 있었다.

10kg짜리의 유니폼을 입고 또 한 짝당 2kg씩 합 4kg이 나가는 축구화를 신고 어떻게 선수들과 대등한 경기를 바랄 수 있겠는가?

전반에는 그럭저럭 버텼는데 체력이 떨어진 후반에는 일방적으로 발리고 있었다.

"헉, 헉, 상수야! 너 빨리 좀 못 뛰어? 그렇게 늦게 뛰면 어떻게 해? 킬 패스를 놓쳤잖아."

"헉, 헉, 헉, 대범아, 미안! 그런데 오늘 잘 안 뛰어져. 시합 전에는 이러지 않았는데…….."

누리 돔의 VIP룸에서 경기를 관전하는 카벨 피파 회장의 얼굴이 묘하게 변했다.

자세한 내막을 알지 못하는 카벨로서는 당연한 반응이었으리라.

그런데 흘끔 훔쳐 본 최강권의 얼굴에는 아무런 변화

가 없었다. 계속해서 경기를 지켜볼 뿐 어디 갈 기미도 보이지 않았다.

카벨의 얼굴에 슬슬 짜증이 묻어 나오기 시작했다.

'오 마이 갓! 피파 회장인 내가 이따위 경기를 계속 지켜봐야 하는 거야? 도대체 날 어떻게 보고……!'

10년이 넘는 동안 세계 축구계의 지배자로 군림했던 카벨에게 3부 리그에도 끼지 못할 경기를 보게 한 그 자체가 굴욕이었다.

하지만 카벨은 그 수모를 어디에 하소연할 수조차 없었다.

이런 불만을 외부에 표출할 수 없으니 그 불만은 고스란히 최강권에 대한 반기를 들게 만들었다.

결국 경기는 누리 축구단이 강원대에게 1:0으로 지는 것으로 끝이 났다.

경기 결과에 카벨의 두뇌는 무섭게 회전하기 시작했다.

'좋아. 지금은 참지만 꼭 그 대가를 치르게 하겠어.'

카벨이 이렇게 마음먹은 것에는 그만한 이유가 있었다.

세계 축구계에서 큰소리를 칠 수 있으려면 일단은 실력이 좋아야 한다.

이런 실력이라면 상금이 얼마나 많던 간에 '온누리배 국제축구대회'를 개최하는 것은 아무런 의미도 없었다.

그것은 마치 졸부가 자기 돈을 쓰면서 욕을 먹는 것과 다름이 없는 이유와 같았다.

'아무래도 함미르와 암암리에 연합 전선을 구축해야 되겠어.'

미쉐린의 경고를 무시한 것은 아니었지만 실력 없는 것들이 돈지랄을 한다면 명분은 카벨 자기 쪽에 있을 것이다. 또한 자기가 전면에 나서지 않고 함미르에게 반기를 들게 만든다면 카벨에게 해로운 것은 없을 것이다.

'좋아. Sit back and enjoy the ride.(굿이나 보고 떡이나 먹자.)라고 이기는 쪽에 붙지 뭐.'

내심 이런 생각이 들자 그나마 짜증이 좀 수그러드는 카벨이었다.

강권이 엄청난 힘을 갖고도 드러내 놓고 사용하지 않는 것은 이렇게 파란을 예고하고 있었다.

제2장
움직이는 특급 호텔, 백룡(白龍)

1996년 중국에 드라마를 수출하면서부터 시작된 한류는 1998년부터 대중가요가 중국에 알려지면서 확대되기 시작했다.

중국에서부터 시작된 한류, 그것은 중국이 병화(丙火)요, 우리나라가 무토(戊土)니 화생토(火生土)의 이치에도 부합하는 것이다.

강권은 이렇게 시작된 한류가 문명의 새로운 트렌드가 될 것이라고 확신하고 있었다.

그것을 증명이라도 하듯 2011년을 기점으로 K—Pop의 인기는 전 세계를 강타하고 있었다.

한류가 얼마나 강세인지는 2012년 런던올림픽 개막식

에서 오프닝 무대를 장식한 가수가 한국의 아이돌 그룹 울트라주니어였다는 것에서도 확실했다.

급기야 2012년 전반기에 미국 빌보드 차트를 석권한 Dr. Seer의 위업이 더해지자 K—Pop은 대세가 되어 버렸다.

그런데도 Dr. Seer는 딱 1장의 앨범만을 내고는 더 이상의 음악 활동을 하지 않았다.

음악 활동을 하지 않으면 가수들은 잊혀지게 마련인데 묘하게도 Dr. Seer에게는 그 당연함이 적용되지 않고 있었다.

Dr. Seer의 자발적인 팬덤 '선지자'가 1억 명이 넘어서면서 Dr. Seer의 월드 투어를 촉구하고 나섰다.

[Dr. Seer는 월드 투어를 하라.]

[Dr. Seer는 해마다 3~4차례 콘서트를 한다고 한 약속을 지켜라.]

이 이색적인 시위는 팝의 본고장이라는 미국에서부터 시작되었다.

그런데 금방 수그러들 줄 알았던 이 시위는 전 세계 40여 개 국으로 확산되면서 도무지 그칠 줄을 몰랐다.

Dr. Seer가 그룹 '환'의 회장이라고 밝혀지면서부터 좀 잦아들기는 했지만 월드 투어의 압박은 여전했다.

마침내 '환' 종합 매니지먼트사에서 각국 언론에 2013년부터 정기적으로 월드 투어를 하겠다는 보도 자료를 배포하고서야 겨우 잦아들었다.

그것을 본 KM 고수원 회장은 이때다 싶었는지 최강권에게 KM 소속 가수들과 월드 투어를 제안했다.

"최 이사님, 월드 투어를 하실 때 우리 KM 식구들과 하심이 어떠실지?"

"이런 썅, 고 회장, 당신 지금 제정신이야? 우리 어르신께서 그까짓 푼돈을 벌려고 발품 팔고 세계를 돌아다녀야 한다는 말이야 뭐야?"

황성윤의 호통에 고수원은 찔끔하지 않을 수 없었다. 황성윤의 말마따나 최강권이 벌어들이는 돈은 고수원이 아는 것만 매달 수억 달러에 달했다.

그가 아는 것만 해도 그 정도라면 그가 알지 못하는 최강권의 수입은 더욱 엄청날 것이다.

그에 비해서 콘서트 투어를 하는 것은 엄청 힘이 들면서도 그에 걸맞는 수입을 기대하기는 어렵다.

이런 고수원의 난처함을 깔끔하게 해결해 준 해결사는 예리나였다.

"황 아저씨, 지금 뭐라고 했어요? 그까짓 푼돈이라고요? 당신이 아티스트의 사명이 무엇인지 알아요? 예술로 사람들의 마음을 정화시키는 것에 있어요. 아티스트가 아닌 황 아저씨는 도저히 이해하시지 못할 것이겠지만요."

예리나는 이렇게 말하고는 총구를 최강권에게 돌려 난사하기 시작했다.

"오라방, 오라방이 나에게 뭐라고 했지요? 21C의 대세는 정신 문명이라고 했어요, 안 했어요? 또 우리나라가 세계의 중심국이 되려면 한류를 전 세계에 확산시켜야 한다고 했어요, 안 했어요? 그런데 오라방은 지금 뭐하고 있는 거예요? 돈독이 오른 사람마냥 돈 벌기에만 너무 급급하고 있는 것 아니에요?"

"하! 리나야, 너도 알다시피 내가 대선 때문에 바빴잖니. 이제 겨우 숨을 돌리고 있잖아."

"아쭈구리, 그래서 오라방 지금 나에게 반항하겠다는 거예요?"

"아니, 그게 아니고 나는……."

"말이 필요 없어요. 오라방이 사내라면 자기가 한 말에 책임을 져야 하는 거예요. 당장 월드 투어를 시작하세요. 알았어요?"

"아, 알았다. 그렇게 하도록 하마."

아내 노경옥과 예리나에 대해서라면 사족을 쓰지 못하는 최강권으로서는 예리나의 우김 신공에는 이길 수 없이 항복해야 했다.

이에 의기양양한 표정을 짓는 예리나를 보며 황성윤은 고개를 절레절레 저었다.

반면에 고수원의 안색은 대번에 밝아지기 시작했다.

쇠뿔도 단김에 빼랬다고 예리나는 최강권에게 즉시 확답을 요구했다.

"오라방, 언제부터 투어를 할 거야? 빨리 읊어."

"그런데 리나야, 일단은 스케줄을 확인하고 기간을 정하기로 하자. 월드 투어를 하는 것도 좋지만 다른 일정도 차질이 없어야 할 게 아니겠냐?"

"그래. 내가 봐줬다. 오라방 빨리 스케줄 확인해 봐."

"휴우, 알았다."

우선 이 자리만 모면하자는 생각에서 이런 변명을 했는데 이렇게 되고 보니 말짱 황이었다. 강권은 별수 없이 스케줄을 확인하는 시늉을 하지 않을 수 없었다.

"으음, 6월 하순에 있을 '온누리배 국제축구대회'를 제외하고는 별다른 스케줄이 없구나. 그러니까 4월과 5월에 시간이 있겠는데 세계 투어라고 해도 그 정도의 기간이면 충분하겠지?"

"으응, 그 정도면 되겠다. 오라방."

이렇게 아무렇지도 않게 대답하는 예리나와는 달리 실

질적으로 투어를 책임져야 하는 황성윤과 고수원은 머리에 쥐가 날 정도였다.

투어가 간단한 것 같지만 콘서트 장소 섭외, 예매, 콘서트 공연 기획은 물론이고 소속사 연예인들이 묵을 숙소 등등 생각해야 될 것이 하나둘이 아니었다.

그것은 몽땅 황성윤과 고수원의 고민이 될 게 뻔했다. 둘의 표정이 썩 좋지 못하다는 것을 보고는 강권이 한마디했다.

"고수원 회장님, 일단 4월 10일과 11일에 일본 투어부터 시작하지요. 4월 10일이 수요일이라는 것이 아쉽지만 일본에는 내 곡을 받은 엔터테인먼트 회사들이 있으니 그들에게 장소 섭외와 예매를 맡기면 될 것 같지 않습니까? 그리고 중국과 동남아를 시작으로 유럽, 미국, 남미 순서로 투어하는 것으로 하죠. 어떻게 생각하십니까?"

"저, 그것이……."

고수원 회장이 선뜻 대답을 못했지만 어쩐 일인지 이번에는 황성윤이 닦달하지 않았다.

황성윤도 한때는 엔터테인먼트 회사를 운영해 본 적이 있어서 고수원의 고충을 알고 있는 까닭이었다.

"고 회장님, 뭐가 문제인가요?"

"휴우, 최 이사님, 투어는 몇 개국에서 몇 번의 콘서트를 예상하고 계시는지 여쭈어 봐도 되겠습니까?"

"일본 2회, 중국 2회를 포함해서 아시아에서 10여 회, 유럽에서 10여 회, 미국에서 10여 회, 남미에서 3, 4회 하는 정도로 생각하고 있습니다."

"……."

'휴우, 돌아 버리겠네. 어떻게 불과 50여 일 만에 전 세계를 돌아다니며 30여 회가 넘는 콘서트를 열어. 저야 '미리내'를 타고 돌아다니면 되겠지만 애들은 어떻게 하라고…….'

이런 생각은 황성윤도 마찬가지였다. 사실 콘서트하는 것은 아무런 문제도 없다.

하지만 콘서트하는 과정은 장난이 아니었다.

한류 스타들이 공항에 나타났다 하면 적게는 수천 명 많으면 수만 명의 팬들이 공항에 운집한다. 그때부터 전쟁에 돌입하는 것이다.

인간 바리게이트를 뚫고 공항을 빠져나오는 것부터 체류하는 동안 묵을 호텔에 들어가는 것까지 쉬운 일이 아니었다.

이런 과정을 거치면 스타들은 반죽음 상태가 된다. 그리고 그것뿐이면 다행이다. 콘서트가 끝나고 다음 콘서트 장소로 이동하면 또 그런 일이 반복이 된다. 인간의 몸으로 어떻게 50여 일 동안에 이런 과정을 근 70여 차례를 반복할 수 있겠는가? 아무리 생각해도 그건 불가능하다고밖에 할 수 없었다.

고수원이 할 말을 잃고 있자 황성윤이 그의 입장을 대변해 주었다.

"어르신, 이런 말씀을 드리는 게 죄송하지만 한 말씀 드리겠습니다."

"뭐야? 황 사장, 말해 보게."

황성윤은 강권이 허락을 하자 자기 생각을 미주알고주알 얘기하기 시작했다.

이야기가 끝나고 황성윤이 강권의 눈치를 보고 있는데 강권은 대수롭지 않다는 듯 말했다.

"황 사장 생각은 잘 알겠네. 그런데 말이야 자네가 말하는 그런 과정이 없다면 50여 일 동안에 30여 차례 콘서트하는 것은 문제가 없겠는가?"

"그렇다면야 크게 문제될 것은 없다고 봅니다. 단독 콘서트도 아니고 KM 소속 연예인들이 모두 출동하니까 크게 무리는 없을 것입니다."

"고 회장의 생각은 어떻습니까? 황 사장과 같은 생각입니까?"

"만약에 팬들에게 시달리지 않고 콘서트 장에서 콘서

트 장으로 이동하는 것이라면 크게 문제될 것은 없을 것입니다. 우리 애들은 전부 그보다 더한 과정을 거쳤기 때문입니다."

"알겠소. 그럼 나와 어디 좀 갑시다."

"……."

강권은 고수원 회장 등은 물론이고 경옥까지 대동했다.

경옥은 강권이 느닷없이 바람을 쐬고 오자는 말에 따라나섰다.

강권은 옥상에서 아공간에서 꺼낸 '미리내'를 타면서 고수원에게 말했다.

"고 회장님, 이 '미리내'에 관한 사항은 특급 비밀이니까 고 회장님만 알고 계십시오."

"아! 예에. 감사합니다."

고수원은 자기도 알고 있는 '미리내'를 두고 이렇게 말하는 강권이 이해가 되지 않았지만 대수롭지 않게 대답했다.

'젠장, 전 국민이 다 알고 있는데 뭐가 비밀이야?'

내심 이렇게 생각했지만 '미리내'를 타는 순간 놀라움을 금치 못했다.

"어, 어떻게 이럴 수가?"

고수원이 이렇게 놀라는 데는 그만한 이유가 있었다.

겉에서 보기는 그저 대형 승용차 정도의 크기였는데 타고 보니 어지간한 평수의 아파트 크기의 공간이 있으니 그럴 수밖에 없지 않겠는가?

물론 황성윤이야 전용 보라매가 있으니 '미리내'가 어떻다는 것을 대충 짐작하고 있으니 아무런 내색도 하지 않았다.

넋이 빠져 있는 고수원에게 예리나가 한소리했다.

"회장 삼촌, '미리내'에 타는 것을 영광으로 아세요. 이 '미리내'는 우리 식구밖에 탄 사람이 없거든요. 황성윤 아저씨도 처음 타는 거란 말이에요."

"아! 으응."

"푸훗."

예리나가 넋이 빠져 있는 고수원 회장을 보고 킥킥거렸지만 고수원 회장은 그걸 느끼지 못하는 모양이었다.

강권이 고수원 회장 등을 데려간 곳은 영월에 있는 야산이었다.

동강에서 얼마 떨어져 있지 않은 이 야산은 얼마 전에 강권이 개인 명의로 영월군에서 구입했다.

동강에서 얼마 떨어져 있지 않다고는 해도 경치가 별로여서 접근로조차 변변히 없었다.

'이 인간이 뭣 때문에 여기 데려온 거야?'

예리나는 내심 이런 생각에 짜증이 나 퉁명스럽게 물었다.

"아니 오라방, 별 볼일 없고만 이곳에는 왜 데려왔어?"

"으응, 보여줄 게 있어서."

"씨이, 오라방, 여기 뭐 볼 게 있다고 데려온 거야?"

천하의 최강권에게 이렇게 짜증이 덕지덕지한 음성으로 물을 수 있는 사람은 아마 예리나 뿐일 것이다.

그렇지만 그런 예리나에게도 천적이 있었다.

"리나야, 우리 잠깐 볼까?"

윤정의 호출에 예리나는 도살장에 끌려가는 소처럼 코가 석 자는 빠져서 따라갔다.

자기 할 일을 군소리 없이 또박또박하는 윤정의 존재는 예리나는 물론이고 씨크릿 요원들까지도 경외의 대상이었다. 또한 허튼 행동을 전혀 하지 않기 때문에 윤정이란 존재는 더 무섭다고 할 수 있었다.

"고 회장님도 내가 왜 이곳에 온지 궁금하십니까?"

"그거야 당연하지 않겠습니까? 게다가 최 이사님께서 쓸데없이 이곳에 오시지 않으셨을 테니까 더 궁금할 따름이지요."

"하하, 다 왔으니까 조금만 기다려 보십시오."

강권은 이렇게 말하고는 어디서 났는지 모를 선글라스를 착용했다. 그것은 마치 3D 영화를 볼 때 쓰는 안경 같았다. 그러더니 마치 자살 특공대 가미가제처럼 암벽을 향해서 '미리내'를 몰아가는 것이 아닌가?

"악!"

"……."

나름 담이 세다고 하는 고수원도 간이 콩알만 해져서 자기도 모르게 비명을 질러댔다.

생사를 도외시한다고 자부하던 황성윤까지도 움찔할 정도니 오줌을 지리지 않은 것이 용했다.

그런데 절벽과 충돌을 예상했던 '미리내'는 엄청 아름다운 동굴 속으로 들어와 있는 게 아닌가.

"와아!"

"와! 정말 선경이 따로 없는 것 같군요."

"하하, 그렇지요? 우연히 이곳을 발견하고 영월군에서 구입해 두었습니다. 구입한 돈에 비하면 엄청 아름다운 곳입니다."

말은 이렇게 했지만 이곳을 구입하면서 든 돈은 사실 적은 것이 아니었다.

평당 1만 원에 1,000만 평을 구입했으니 그것만 해도 1,000억이었다.

거기에 영월군과 1조 원을 투자하겠다는 MOU를 체결했으니 엄청 돈을 쏟아부었다고 봐야 한다. 물론 그 1조 원의 투자금은 정선과 평창에 흩어져 있는 누리 종합리조트와 연계해서 만만치 않게 새끼를 치겠지만 말이다.

"영월 일대가 석회암 지대라서 그런지 이렇게 멋있는 석회 동굴이 생겼군요."

"하하, 그렇죠. 이 동굴의 크기가 그렇게 큰 편은 아니지만 동공(洞空)이 커서 근두운의 기지로 만들면 어떨까 하는 생각을 해보았습니다."

"근두운이라면? 혹시 누리 종합리조트……."

"맞습니다. 바로 그 누리 종합리조트 내를 연결시켜주는 비행선 말입니다. 그런데 여기에 있는 근두운은 그것에 비해서 대략 5분지 1정도로 작습니다. 대신에 근두운보다도 더 많은 편의 시설이 갖추어져 있습니다. 5백 명 정도의 인원이 비행선에서 내리지 않고 평생을 살아도 전혀 부족함을 느끼지 못할 정도라고나 할까요?"

고수원은 강권의 말에 느껴지는 것이 있었다.

그도 근두운의 탑승 인원이 1,500명에 500t의 화물을 실을 수 있다는 것 정도는 알고 있었다. 여기에 있는 근두운이 5분지 1 정도로 작다고 해도 KM 소속의 연예인들이 투어를 하는데 부족함이 없을 것이다.

문제는 쉴 수 있는 공간인데 '미리내'에 비추어 보면 강권이 말하는 근두운에 침실이 구비되어 있을 것 같았다. 그렇다면 이 비행선으로 투어를 한다면 굳이 호텔에 묵고 공항에서 팬들에게 시달릴 필요가 없을 것이다.

고수원은 내심 이런 생각을 하며 강권에게 물었다.

"최 이사님, 그럼 여기에 그 근두운이 있습니까?"

"예. 여기에 있는 것은 근두운이 아니라 백룡(白龍)이라는 비행선입니다. 나도 있고 리나도 있어서 월드 투어를 염두에 두고 만들어 둔 것이지요."

"최 이사님 백룡호를 좀 볼 수 있겠습니까?"

"하하하, 고 회장님 백룡호가 아니라 그냥 백룡입니다. '미리내'를 타고 백룡 안으로 들어갈 테니까 잠깐만 기다리시면 됩니다."

강권의 말이 끝나고 조금 후에 '미리내'가 환선굴에 있는 옥좌대처럼 연꽃 모양의 기형 휴석(畦石)에 부딪혀 갔다. 고수원과 황성윤은 이번에도 자동적으로 움찔했지만 아까처럼 아무런 일이 벌어지지 않았다.

'미리내'가 멈춰지고 강권은 고수원과 황성윤에게 내리라고 말했다.

고수원과 황성윤은 '미리내'에서 내리자 자신들이 있는 곳이 커다란 창고와 같은 방이라는 것을 느낄 수 있었다.

"아하! 최 이사님, 여기가 바로 백룡 내부인 모양이지요?"

"그렇습니다. 조금 있다가 내부를 구경시켜 드리겠습니다."

'미리내'가 멈춘 기미를 느꼈는지 경옥과 예리나가 방에서 나왔다.

평소 같으면 나댔을 예리나가 이번에는 조신하게 있었다. 아마도 경옥과의 면담의 결과 때문일 것이다. 강권은 일행을 이끌고 백룡의 내부를 구경시켜 주었다.

그런데 백룡의 내부는 투어를 예상하고 만들었는지 500여 개의 침실 외에도 녹음실과 연습실까지 갖추어져 있었다. 또 침실마다 샤워 시설은 물론이고 온갖 편의 시설이 완비되어 있어 생활에 전혀 지장이 없어 보였다.

그렇지만 고수원은 백룡의 시설에 놀라는 가운데도 궁금한 것이 하나 있었다.

'샤워 시설이 되어 있다고 해도 수백 명이 샤워를 한다면 그 많은 물은 어떻게 감당하겠다는 거지?'

고수원의 이런 내심을 간파라도 하듯 강권의 설명이 이어졌다.

"백룡은 바닷물을 흡입해서 담수와 소금으로 분리시킬

수 있습니다. 1시간에 담수를 50t 정도 만들 수 있으니 물 걱정은 하지 않아도 될 겁니다."

"오라방, 그럼 얼마나 많은 물을 저장할 수 있어요?"

"하하하, 리나 네가 하루 종일 쓰고도 남을 정도로 저장할 수 있으니까 물 걱정할 필요가 없어."

"그렇지만 월드 투어를 하게 되면 나 혼자만 샤워를 하는 것도 아닐 거고 또 바다가 아닌 곳에 다닐 때가 많을 텐데 어떻게 걱정을 안 하겠어?"

"하하, 염려 말래도 그러네. 이 오라방이 누구냐? 아까도 말했지만 백룡은 500명이 평생을 살아도 부족한 것이 전혀 없을 정도라는 것만 알고 있으면 돼."

강권이 이렇게 얼버무리는 이유는 백룡에는 여러 가지 마법이 적용되어 있기 때문이었다. 우선 물을 저장하는 물탱크는 아공간 개념이 적용되어 있었다.

아공간 개념이 적용된 물탱크의 장점은 세균이 전혀 번식하지 못한다는 것이다.

따라서 100년이 지나도 수질은 동일하다고 할 수 있었다.

또 원하는 곳으로 단번에 이동시켜 주는 포털(Portal) 마법이 적용되어 있어서 불필요한 공간이 전혀 없었다.

말하자면 복도나 엘리베이터 등의 시설이 따로 없다는 의미였다.

예리나는 포털을 이동한 것에 엄청 놀랐는지 눈을 빛내며 물었다.

"어! 오라방, 우리 어떻게 이리로 온 거야?"

"너무 첨단 기술이어서 설명해도 잘 모를 거야. 간단하게 말하면 엘리베이터에 들어가 자기가 원하는 층을 누르면 자기가 원하는 층에 데려다 주잖아. 그와 비슷한 거야. 다만 이것은 자기가 원하는 공간으로 데려다 준다는 것이 다르다고 해야 하나? 아무튼 그래."

"와! 그럼 이걸 특허를 내면 엄청 돈이 될 거 아냐?"

"꼭 그렇지도 않아. 아직 기술이 완전한 것이 아니어서 이동시킬 수 있는 인원이나 물자가 한정적이야. 그러니까 대규모 이동은 불가능하다는 것이지. 한꺼번에 이동할 수 있는 인원이 대략 5~6명 정도라고 보면 될 거야."

강권이 자세하게 말은 하지 않았지만 각 체임버(방)마다 싱글 침대 정도의 공간이 포털에 사용되기 때문에 평소에는 비워두어야 한다.

보통 이 포털에 사용되는 부분에 침대가 놓이는데 이 침대는 평소에는 벽에 붙어 있다가 침대가 내려지면 포털이 작동되지 않게 된다. 침대가 내려지면 비상 포털을 이용하지 않으면 그 체임버로는 접근할 수 없다는 말과 같은 의미였다.

강권이 이처럼 복잡한 이 포털 시스템을 채용한 것에는 테러를 예방하자는 의도가 깔려 있었다.

포털을 이용하지 않으면 다른 곳으로 이동할 수 없어 테러분자들이 백룡 내부로 들어올 수 없고 들어온다고 해도 쉽게 제압할 수 있다는 장점이 있기 때문이었다.

물론 이 비상 포털은 백룡의 조종석에서 관리한다.

그밖에도 항온, 항습 마법이라든가 사람이 타는 부분은 항상 지구의 인력과 일정한 방향을 유지해서 쾌적한 승차감을 제고하는 마법 등이 있었다.

백룡의 내부를 대충 돌고 나서 강권은 고수원에게 물었다.

"고 회장님, 이 정도면 굳이 호텔을 잡을 필요가 없지 않겠지요?"

"그렇다고 할 수 있겠습니다. 숙소 시설도 그렇지만 연습실이나 녹음실이 마음에 듭니다. 최 이사님 그런데 어떻게 백룡에 있는 연습실이나 녹음실이 우리 KM 사옥에 있는 것보다 더 좋습니까? 아니, 세계 최고라는 'EMI 퍼플러' 사 녹음실에 있는 기자재보다 훨씬 더 좋은 것 같군요. 설치할 수만 있다면 우리 회사에도 백룡에 있는 기자재를 당장 설치하고 싶은 심정입니다."

고수원의 이 말은 백룡에 설치되어 있는 기자재들을 KM에도 설치할 수 있게 해달라는 말이었다. 또 예리나에게 은근히 묻어가려는 속셈이 깔린 고도의 '짱구 굴림'이었다.

예리나가 우기면 강권이 뭐든 해준다는 것을 염두에 둔 얄팍한 계산이었다.

그런데 이번에는 예리나가 전혀 도움을 주지 않았다.

강권 빠순이인 예리나가 강권에게 불리한 것을 강요할 이유가 전혀 없었기 때문이다.

즉, 30억이 넘게 들었다는 'EMI 퍼퓰러' 사 녹음실에 있는 기자재들보다 더 비쌀 것 같은 것들을 공짜로 설치해 달라고 할 이유가 전혀 없었던 것이다.

고수원과 많이 친해지긴 했지만 강권에 비하면 여전히 남이어서 조금 싸게는 몰라도 공짜로 해달라고 말하기는 싫었던 것이다.

강권은 고수원 회장이 말하면서 예리나에게 도와달라고 눈짓을 하는 것을 보고도 보지 못한 척 딴전을 부리는 것을 보고 절로 미소가 피어났다.

'푸훗! 저 녀석 저럴 때 보면 꼭 깍쟁이 같다니까. 이

걸로 떼돈이라도 버는 줄 아는 모양이지?'

어떻게 보면 백룡의 연습실과 녹음실에 있는 기자재들은 무가지보처럼 보였다. 그렇지만 순수하게 원가를 따져 보면 단결정의 금속 실리콘으로 만든 웨이퍼 가격 정도밖에 들지 않는다.

기자재들의 실상은 대량 생산이 가능한 마법 아티펙트였기 때문이다.

강권이 이같은 아티펙트를 자유롭게 만들 수 있을 만큼 마법 실력이 늘게 된 것은 노옴의 활약 덕분이었다.

강권이 마나량을 늘리기 위해서 노옴을 자유롭게 돌아다니게 한 것은 뜻밖에도 이 석회 동굴을 발견하는 성과를 얻었다.

노옴이 발견한 이 석회 동굴에서 강권은 엄청난 것들을 찾았다.

그것들은 무협지에서나 볼 수 있는 영약인 공청석유와 만년석균들이었다.

영월 일대의 석회 동굴의 생성 연대는 대략 4억년에서 5억년이다.

그 세월 동안 쌓아온 정기(精氣)가 모인 것이 바로 공청석유다.

그만큼 많은 정기는 단숨에 7서클을 만들 정도로 강권

에게 엄청난 기연을 안겨주었다.

강권의 능력이 신장되자 덩달아 '해'와 '달'의 능력도 그만큼 발휘될 수 있었고, 거기에 컴퓨터가 더해지자 만들 수 있는 아티펙트 또한 더 많아지게 되었다.

강권의 마법이 7클래스에 오르자 막연하게 느껴졌던 많은 것들이 좀 더 구체적으로 다가왔다.

하나의 예를 들자면 23C의 전생을 산 적이 있는 서원명처럼 역사상 수많은 천재들이 미래에서 산 기억을 갖고 태어났을 것이고 그것은 지금도 마찬가지일 것이란 의구심이었다.

가령 15C에 이미 방적기나 자전거, 비행기 등을 만들었거나 구상했던 레오나르도 다빈치 같은 인물들이 그 예가 될 수 있을 것이다.

그뿐인가?

아틀란티스 대륙의 존재를 언급했던 플라톤 같은 인물은 다른 행성에서 산 기억을 갖고 태어난 게 아닌가 하는 느낌도 들었다.

그리고 가설일 뿐이지만 과학자들이 믿고 있는 *빅뱅은 실상은 폭발이 아니고 인간의 정자와 난자가 결합하면서 새 생명이 탄생하는 것과 같다는 느낌도 어렴풋하게 느껴졌다.

0.5mm 정도로 작은 난자와 그보다 훨씬 작은 정자가 결합해서 분열을 거듭하면서 인간으로 성장하는 것을 빅뱅으로 느끼는 것이 아닌가 하는 의구심이 그것이었다.

가령 코끼리의 난자와 정자가 결합해서 수정(受精)이 되면 어마어마한 크기로 커진다.

빅뱅이 우주가 팽창한다는 사실에서 도출되었다는 점을 고려해 본다면 오히려 수정 쪽이 더 타당하다고 할 수 있다.

단지 폭발에 의해서 우주의 수많은 물질이 생겼다는 것보다는 옹색한 설명도 수정으로 설명한다면 오히려 간단하게 설명이 될 수 있을 것이다.

또 그 생각에 따르면 우주를 인체에 비유할 때 인간은 인체라는 우주에 기생하는 바이러스와도 같은 존재라고 할 수 있을 것이다.

*빅뱅이론(The Big Bang Theory):우주가 태초의 대폭발로 시작되었다는 이론.

빅뱅이론은 1920년대 러시아 수학자 프리드만과 벨기에의 신부 르메트르가 제안하였으며, 40년대 프리드만의 제자인 조지 가모프(George Gamow)에 의하여 현재의 대폭발론으로 체계화하였다.

'빅뱅' 이란 용어는 빅뱅이론의 반대편에 섰던 '정상 우주론(The Steady State Theory)' 자였던 프레드 호일이 빅뱅이론을 조롱하는 의미로 처음 사용하였으며, 이후 대폭발론은 '빅뱅이론' 으로 불리게 되었다.

빅뱅이론에 따르면 처음 우주는 상상할 수 없을 만큼 작고 밝고 뜨겁고 높은 밀도(이것을 '특이점' 이라고 함.)에서 시작했으나 폭발 이후 계속 팽창해 나가고 있다는 것이다.

이 팽창 과정에서 우주 질량의 일부가 뭉쳐 별들을 만들었고 이들 별들이 거대한 별의 집단인 은하를 이룬다고 한다. 또한 팽창 우주는 생성되고부터 유한(有限)한 시간밖에 지나지 않았으며, 우주의 평균 밀도는 끊임없이 감소하여 현재와 같은 희박한 상태가 되었다는 것이다.

이 빅뱅이론은 멀리 떨어진 은하일수록 우리 은하계로부터 빠른 속도로 멀어지고 있다는 사실과 우주 공간의 온도인 절대온도 3K라는 '우주배경복사' 에 근거한다.

그렇지만 빅뱅이론은 '특이점' 이전의 우주 상태를 제대로 설명하지 못하는 문제가 있다. 이 문제는 1981년 앨런 구스가 제안한 '인플레이션 우주론' 이 다소나마 해결해 주고 있다.

이 이론에 따르면 대폭발 이전의 우주는 에너지만으로 가득 차 있었고 거품 같은 형태의 에너지가 대폭발을 일으켰다는 것이다. 물론 이 이론 역시 우주의 기원에 대해서 완벽하게 설명해 주지는 못한다.

제3장
월드 투어를 하다

막상 강권이 월드 투어를 한다고 하자 고수원은 마음
이 급해졌다.

보통 콘서트를 열려면 적어도 두세 달 전에는 어느 정
도 계획이 잡혀 있어야 하는데 여유 시간이 채 2주도 남
아 있지 않았기 때문이다.

물론 항공편과 숙식 문제가 모두 해결되었다지만 콘서
트 투어라는 것이 그렇게 단순한 것이 아니었다.

공연 장소도 섭외해야 하고, 공연을 알리는 광고 포스
터나 공연 입장권 등도 만들어야 하며, 경호 문제 등도
생각해야 한다.

그것뿐이 아니고 공연 내용에 대해서도 서로 의견을

조율해야 한다. 이런 것들은 적어도 한 달 정도의 여유를 갖고 진행해야 한다.

사실 한 달도 무리라고 할 수 있었다. 세계 톱스타들의 투어는 통상 1년 전에 기획되거나 늦어도 6개월 전에는 이미 기획이 끝나 있는 게 관례였기 때문이다.

"미나기 상, Dr. Seer.와 우리 KM 소속 가수들이 4월 10일과 11일 양일간 일본에서 공연을 할 것인데 귀사에서 주관을 해주시겠습니까?"

"예에? 고수원 회장님, 오늘이 3월 29인데 4월 10일과 11일이면 2주도 남지 않았지 않습니까? 그게 가능하다고 생각하십니까?"

"예. 그것은 저도 알고 있습니다. 그런데 Dr. Seer.의 스케줄을 맞추려다 보니 부득이하게 그런 일정이 잡혔습니다. 귀사에서 해주실 것은 공연 장소를 섭외하고 매표와 공연장 안에서의 질서 문제만 책임지시면 됩니다. 그렇게는 가능하지 않겠습니까?"

"그거야 가능하지만…… 콘서트를 하는데 그렇게만 해도 되겠습니까? 공연장의 무대도 설치해야 하고 또 공연장까지 경호 문제도 염두에 두어야 하지 않겠습니까?"

고수원 역시 그게 가장 걸렸다. 어디 그 문제뿐인가?

콘서트를 하려면 일본 정부에 입국 허가를 받아야 한다. 강권을 제외하고는 전부 일본에서 한 번씩은 콘서트를 했으니 크게 문제될 것은 없었다.

하지만 그것은 전적으로 일본 정부 마음이니 투어의 성사는 유동적이라고 하지 않을 수 없었다.

그런데 강권이 모두 책임을 지겠다는 언질을 주자 고수원은 자신만만하게 말했다.

"나머지 문제는 모두 우리 쪽에서 책임을 질 테니까 4월 10일에는 사이타마 스타디움 2002를 예약해 주시고, 4월 11일에는 요코하마에 있는 닛산 스타디움을 예약해 주십시오. 그 정도는 가능하시겠지요?"

"사이타마 스타디움 2002와 닛산 스타디움을 예약하라고요? 하지만 그날 J리그 스케줄이 어떻게 될지……."

"수요일에는 J리그 경기가 없으니까 사이타마 스타디움 2002을 예약하는 것은 문제가 없을 것이고, 4월11일에 요코하마 F 마리노스는 교토 원정 경기가 있습니다. 그러니까 장소를 섭외하는 것은 큰 문제가 없을 것입니다."

"아! 그렇군요. 그런데 고수원 회장님, 사이타마 스타디움 2002는 축구 전용 경기장이고, 닛산 스타디움 역시 축구와 육상 겸용 경기장이어서 무대를 설치해야 할 것입니다. 고수원 회장님께서 아시고 계시다시피 무대를 설치하고 해체하는데 상당히 시간이 걸릴 텐데 그게 가능하겠습니까?"

"그런 문제라면 우리 쪽에서 모두 해결할 것입니다. 그러니까 귀사는 아까 말씀드린 것처럼 공연 장소를 섭외하고 매표와 공연장 안에서의 질서 문제만 책임지시면 됩니다. 아참, 콘서트에서의 MC 볼 사회자도 그쪽 회사가 섭외를 하셔야겠습니다. 그 정도는 하실 수 있겠지요? 아니면 우리 회사에서 모두 알아서 하든가 일본 투어는 없는 것으로 하지요."

P엔터테인먼트 홍보 이사인 미나기는 고수원의 장담에 절레절레 고개를 젓지 않을 수 없었다.

사실 그 정도라면 굳이 자기네 회사의 힘을 빌리지 않는다고 해도 KM이 단독으로 해도 충분히 가능할 것이다. 그런데도 자기들이 하지 않고 왜 자기네에게 일을 맡길까 하는 이유와 이 일을 맡지 않겠다고 했을 때의 여파를 곰곰이 따져 보자 골치가 이만저만 아픈 게 아니었다.

또 그렇다고 거부한다면 고수원이 말하는 것처럼 Dr. Seer.와 KM 소속 가수들이 벌이는 월드 투어에서 일본이 제외된다는 것도 일본의 체면을 버리는 일이었다.

이러지도 못하고 저러지도 못하고 골치만 아파 오는

미나기였다.

'빠가야로, 이 늙은이가 은근히 뒤끝이 있으니 거절하면 적어도 4~5년 정도는 KM과 함께 일을 못한다고 봐야겠지?'

미나기의 생각처럼 KM의 고수원 회장은 자기 욕심만 차리는 욕심쟁이는 아니지만 꽁한 구석이 있어서 고수원 회장의 말을 들어주지 않으면 앞으로 KM과의 협력은 상당히 힘들 것이다.

반면에 자기네들이 주관해서 공연이 이루어지지 못하면 엄청 복잡한 문제가 생길 것이다.

'사이타마 스타디움 2002의 수용 인원이 63,700명이고, 닛산 스타디움의 수용 인원이 72,327명이니 유료 관중을 어떻게 잡아야 하나? Dr. Seer.의 명성으로 보면…… 휴우, 제기랄! 이 늙은이가 지금 노망이 들 나이도 아닌데 왜 일을 이딴 식으로 처리하는 거냐고? 그런데 KM 소속 가수들이라면 누구, 누구를 말하는 거지? 그걸 알아야 어느 정도 유료 관중을 예측할 수 있겠군.'

한참을 고민하던 미나기는 고수원에게 KM 소속 가수 누구 누구가 Dr. Seer.의 콘서트에 참석하는 것인지 물었다.

"미나기 상, 그룹 The Myth, 동방지존, 울트라 주니어를 포함한 남자 그룹 전원과 뮤즈 걸즈, 사차원을 포함한 걸그룹 전원, 혼성 그룹 블랙박스와 또 모아, 리나 등 우리 KM 소속 가수들 전원입니다."

"예에? 뭐라고요? 다시 한 번 말씀해 주시겠습니까?"

KM 소속 그룹들 중에서 한 그룹만 일본에서 공연을 해도 관중을 어느 정도 동원할 수 있는데 이건 한 그룹도 아니고 KM 소속 그룹들이 전부 오겠다니 미나기는 믿기지 않은 모양인지 거듭 물었다.

만약에 KM 소속 그룹들이 전부 온다면 이건 보나마나 대박이었다.

고수원은 그런 미나기의 반응에 당연하다는 듯 의기양양하게 말했다.

"허어, 듣지 못하셨습니까? 미나기 상, Dr. Seer.와 리나는 물론이고 모아를 비롯해서 우리 KM 소속 가수들 전원입니다. 됐습니까?"

"아! 예. 예. 그런 큰 공연을 저희 회사에 맡겨주셔서 고맙습니다. 그동안 저희 회사는 귀사의 입장을 항상 지지해 왔습니다. 그리고 앞으로도 그 지지는 계속될 것입니다. 당장에 계약서를 팩스로 보내드리도록 하겠습니다."

"하하하, 알겠습니다. 미나기 상, 그럼 그쪽에서 문서로 작성을 해서 팩스로 넣어주십시오. 검토해 보고 바로 사인해 드리겠습니다."

"예. 알겠습니다. 고수원 회장님, 참, 그런데 콘서트 티켓은 얼마나 받으면 좋겠습니까? 모아나 뮤즈 걸즈, 울트라 주니어 등의 경우에 S석은 1만 엔 정도 받아도 되는데……."

고수원은 워낙 쟁쟁한 스타들이 총출동하는 것이어서 그것의 3배 정도 예상을 하고 강권의 의중을 물었다.

강권의 입장은 단호했다.

"고수원 회장님, 나는 없는 시간을 쪼개 가면서 투어를 하는 것이기 때문에 싸구려로 놀고 싶지 않습니다. S석은 10만 엔, A석은 5만 엔, B석은 3만 엔, C석은 1만 엔으로 하겠습니다."

"예에? 그렇게 비싸게 받아도 되겠습니까?"

"보지 않으려면 말라고 하세요."

강권의 배짱에 고수원은 고개를 절레절레 저으며 미나기에게 강권의 말을 전했다.

미나기는 잠시 망설이는 듯싶더니 팝의 황제 칭호를 듣는 Dr. Seer.의 네임 벨류를 믿어보기로 하는 것 같았다.

"Dr. Seer.께서 그렇게 결정하셨다니 어쩔 수 없군요. 얼마나 보러 올지 모르겠지만…… 어쩌겠습니까? Dr. Seer.의 결정대로 가야겠지요. 그건 그렇고 이익 분배는 어떻게 하는 것으로 하면 좋겠습니까?"

"P엔터테인먼트에 총수익에서 총비용을 뺀 순 이익의 10%를 지불하는 것으로 하지요. 물론 적자가 나는 경우에는 우리 KM에서 P엔터테인먼트의 손해를 보전해 주는 쪽으로 하겠습니다."

MC를 제외하고는 전부 KM 소속 가수들이 출연하니까 나쁜 조건은 아니었다.

사이타마 스타디움 2002와 닛산 스타디움의 총수용 인원을 따지면 13만 6천 명이니까 13만 명에 1만 엔으로만 잡아도 13억 엔이었다.

스타디움 대관료 등의 비용을 제외한다고 해도 최소한 10억 엔은 남을 것이다. 물론 미나기의 이 생각은 비싼 만큼 청중들이 많지 않을 것이란 예상에서 산출한 통박이었다.

'그중에서 10%면 1억 엔…… 이틀 만에 1억 엔의 매출을 올린다면 이거 대박이군.'

그런데 이런 미나기에게 고수원이 더 귀가 솔깃한 말을 했다.

"미나기 상, 관객들 안전에 P엔터테인먼트에서 책임을

지겠다고 하신다면 필드에도 관객을 받으셔도 됩니다."

"예에? 그 말씀은…… 그럼 무대는 어디에 설치합니까?"

"하하! 미나기 상, 공연을 스타디움 3~10m 상공에서 할 것입니다. 그래서 우리 소속 가수들의 경호나 숙소 문제에 대해서 아무런 언급을 하지 않았던 것입니다. 앰프 시설이나 조명 또한 전부 우리가 알아서 하겠습니다. 귀사에서 하실 일은 스타디움 대관과 콘서트장의 안전, 질서 유지 그리고 콘서트 티켓의 발매 정도입니다."

"고수원 회장님, 그, 그게 기술적으로 가능합니까? 공중 무대라니요?"

"하하! 가능하니까 그렇게 하겠다는 것 아닙니까? 그리고 이번 일본 투어의 이름을 'Magic Field'로 정했습니다. 콘서트의 포스터와 홍보 동영상을 Shot 메일로 보냈으니 홍보하는 데 쓰시도록 하십시오."

미나기는 고수원과의 통화가 끝나자마자 P엔터테인먼트의 메일 계정을 확인했다.

과연 콘서트의 포스터와 홍보 동영상이 들어와 있었다.

콘서트의 포스터는 Dr. Seer.가 정중앙에 위치해 있고, 그 다음에 리나, 모아 등의 가수들이 시계 방향으로 나선을 그리며 자리하고 있었다.

The Myth, 동방지존, 울트라 주니어, 뮤즈 걸즈 등 총 56명에 달하는 KM 소속 가수들의 면면은 개개 그룹으로도 열도를 뜨겁게 달굴 만한 면면들이었다.

그리고 홍보 동영상은 이번 콘서트에 참가하는 총 56명의 가수들이 이번 콘서트의 이름과 같은 'Magic Field'를 돌아가면서 열창하는 것이었다.

중독성이 강해서 귀에 착착 달라붙는 후크송 계열의 'Magic Field'는 그 자체만으로도 미나기의 넋을 빼놓기에 완전 충분했다.

"허어, 이 포스터와 동영상을 본다면 콘서트에 오지 않고는 못 배기겠군."

미나기는 포스터와 동영상에 중독되기라도 한 듯 눈을 떼지 못하며 중얼거렸다.

그럴 수밖에 없는 것이 컴퓨터를 사용해서 이 포스터와 동영상을 제작한 '달'이 포스터와 동영상에 'Charm' 마법을 인챈트해 놓았기 때문이다.

이처럼 Dr. Seer.와 KM 소속 가수들의 콘서트 소식은 일본 열도를 뜨겁게 달구어 놓았다. 4월 10일과 4월 11일 두 차례 공연의 좌석 13만 6천 석은 예매 시작 30분도 되기 전에 매진이 되었다.

13만 6천 석의 5%인 S석의 가격은 10만 엔이었지만 발매 10분 만에 동이 났고, 전체 15%에 달하는 A석의 가격은 5만 엔이었지만 이것 역시 10분을 버티지 못했다.

3만 엔과 1만 엔 하는 B석과 C석 역시 발매 30분도 되지 못해서 동이 난 것은 마찬가지였다.

원래 예상 수익의 300% 이상에 달하는 이익이 났다고 보아도 좋았다.

그런데도 추가 공연과 티켓을 더 발매하라고 난리가 아니었다.

"어떻게 할까요? Dr. Seer.의 일본에서의 추가 공연은 없다고 하는데…… KM 고수원 회장의 말대로라면 운동장에 좌석을 마련해서 추가로 입장을 시켜도 상관이 없을 것 같은데요……."

"미나기 이사, 그렇다면 추가 티켓을 더 발매하도록 하시오?"

"사장님, 그렇지만 관중석이 아니고 운동장에 자리를 마련해서 사고라도 난다면 그 책임은 전부 우리 쪽에 있는데 그래도 되겠습니까?"

"사이타마 스타디움 2002와 닛산 스타디움의 규모로 본다면 추가로 1만 매씩 더 발매를 한다고 해도 충분히 통제가 가능하지 않겠습니까?"

결국 P엔터테인먼트는 추가로 1만 매씩 총 2만 장의 티켓을 발매했다.

그동안의 티켓이 관중석에 대한 것이라면 추가 티켓은 운동장에 마련된 특별석이었다. 이 티켓의 가격은 A석과 같은 5만 엔이었지만 이 티켓 역시 발매한 지 불과 10분도 못되어서 전부 매진되었다.

단 이틀 만에 50억 엔이 넘는 매출, 우리나라 돈으로 무려 750억 원이 넘는 매출이 이루어졌다.

콘서트 'Magic Field'의 놀라운 성공은 매스컴에 단 한 번의 광고도 없이 이루어졌다는 점에서 경이적이기까지 했다.

연예 TV에 인터뷰를 한 번 하고 동영상을 잠깐 틀어 준 것이 다였다. 그 다음부터는 인터넷이 전부 알아서 광고를 해주었다.

더 놀라운 점은 준법정신이 가장 투철하다는 일본에서 포스터가 누가 떼어갔는지 모르게 떼어갔다는 것이었다. 그리고 경매에 붙여졌는데 포스터 한 장의 가격이 무려 385만 엔으로 낙찰되었다는 것이었다.

그런데 경매 시장에는 딱 한 장밖에 나오지 않았다. 붙여진 포스터가 100여 장이었다는 점을 감안한다면 놀랍다고 하지 않을 수 없었다.

✤　✤　✤

　"우와! 우리 콘서트 티켓보다 몇 배는 비싼데도 불과 30분 만에 티켓 16만 매가 전부 매진된 거예요?"

　"햇살아, 티켓은 추가분까지 합해서 겨우 15만 6천 7백 장이다. 없는 소리는 하지 말자. 그리고 팝의 황제이신 Dr. Seer.께서 공연을 하시고 팝의 Queen이라는 리나까지 공연하는 마당에 당연한 것 아니겠냐?"

　"에이, 삼촌은 그냥 넘어가지 꼭 그걸 짚고 넘어가야 해요?"

　"큼, 큼, 진실이 그렇다는 거다."

　청담동 KM 사옥의 2층에 있는 대강당으로 고수원 회장의 호출에 투어에 참가하는 소속 가수들이 하나둘씩 모여들고 있었다.

　월드 투어를 앞두고 특별 지시 사항이 있다고 했기 때문이다.

　"그나저나 삼촌, 하실 말씀이 뭔데요? 투어가 얼마 남지 않았는데 좀 더 연습해야 되는 것 아니에요?"

　"그렇잖아도 연습 때문에 부른 거다. 정확히 말하면 연습 장소 때문이라고 해야겠지?"

"어! 삼촌, 투어를 시작하기 전에 합숙을 한다면서요? 그 합숙 장소에 연습장이 있나보죠?"

"그렇다. 통지문은 잘 읽어 보았으리라고 믿는다. 그 통지문대로 오늘부터 합숙에 돌입을 한다. 일단 합숙에 들면 5월까지는 일체 개인 생활은 없다고 봐야 한다. 지금부터 두 달 동안 투어 생활하는데 불편함이 없게 각자 짐을 챙겨서 옥상으로 집합해라. 알겠느냐?"

"예. 삼촌."

"예. 알았습니다."

짐을 챙겨서 옥상으로 집합하라니 그건 또 무슨 말이냐? 하지만 그걸 따지려는 사람들은 하나도 없었다.

투어에 참가하는 가수들은 대부분 세계 곳곳을 다니며 콘서트를 했기 때문에 외국에 나가면 필요한 것들이 뭐라는 것은 잘 알고 있었다.

콘서트는 항상 피를 끓게 하는 무언가가 있었다. 그런데 이번에는 투어라는 타이틀이 달려 있으니 그랬을 것이다.

'우리가 월드 투어를 한단 말이지?'

투어를 콘서트의 연장선상으로 느끼라는 주문이 있었지만 실감을 할 수 없었다.

다들 투어의 경험은 없어 설레는 마음을 주체할 수 없

었다.

월드 스타들이나 하는 것으로 알고 있는 투어이기에 기대 반 두려움 반의 심정이었다.

이미 자신들도 월드 스타의 반열에 올랐지만 그들은 아직 실감하지 못하고 있었던 것이다.

그나마 모아, 울트라 주니어니, 동방지존, 뮤즈 걸즈 등은 해외 콘서트에 많이 다녀보았기 때문에 이내 침착함을 되찾았다.

그래서인지 뮤즈 걸즈의 수형이 예리나를 찾다가 예리나가 보이지 않아 고수원에게 물었다.

"참, 삼촌, 우리 막냉이가 안 보이네요? 막냉이도 투어에 참가한다고 했잖아요?"

"그러게. 대표님, 우리의 귀염둥이 리나는 왜 보이지 않습니까? 어디 아픕니까?"

"리나 양에 대해서는 신경을 꺼도 좋다. 이미 합숙 장소에 가 있으니까 말이야."

"그런데 삼촌, 이번에 일본에 가면 어디에서 묵을 거예요? 사이타마 스타디움 2002가 있는 사이타마 현이나 닛산 스타디움이 있는 요코하마나 도쿄에서 거리가 비슷비슷하니까 차라리 신주꾸에서 묵는 게 어떻겠어요?"

백룡의 존재를 모르는 수형의 제안이었다.

일본에서 생활을 한 적도 있는 수형다운 말이었다.

백룡이 없었다면 고수원도 아마 수형이 말하는 것처럼 도쿄에서 묵었을 것이다.

"하하하, 수형아! 이번 일본 투어는 호텔에서 묵지 않는다."

"삼촌 호텔에서 묵지 않으면 어디에서 묵어요? 설마 일본 투어에 출퇴근하겠다는 말은 아니겠죠?"

"하하하! 제시야, 그렇게만 알고 있으렴. 내가 해줄 수 있는 말은 기대해도 전혀 실망은 하지 않을 것이라는 거다."

"……"

다른 사람들은 죄다 짐을 챙기러 갔는데도 고수원 회장과 가장 친한 뮤즈 걸즈들은 하나라도 더 정보를 캐려는 듯 고수원 회장을 물고 늘어졌다.

하지만 소녀들의 생각을 꿰고 있는 고수원 회장은 순순히 토해놓지 않았다.

결국 소녀들은 쳇, 쳇 거리며 짐을 챙기러 갔다.

얼마 지나지 않아서 짐을 챙긴 스타들이 하나둘씩 옥상으로 몰려들었다.

통지문을 받고 얼마 지나지 않았는데도 이처럼 신속하게 짐을 챙긴 이면에는 뮤즈 걸즈의 활약이 있었기 때문이다.

"땡쥐야, 왜 옥상으로 모이라는 거지?"

"땅꼬야, 내가 그걸 어떻게 알아? 대표이사님 조카인 네가 모르는데 내가 어떻게 알겠어?"

"쳇! 내가 땅꼬라고 하지 말랬지? 햇살이란 이쁜 이름이 있는데 왜 자꾸 땅꼬, 땅꼬하는데?"

"어이구, 우리 땅꼬, 언니가 잘못했어요."

뮤즈 걸즈의 단신 듀오가 티격태격하는 것을 본 모아가 귀엽다는 듯 두 소녀의 볼을 잡아당기며 말했다.

"으그, 귀여워."

"아이, 언니 우리가 어린앤가, 왜 그래?"

"참, 언니는 우리 KM의 이사니까 우리 보고 왜 옥상으로 모이라고 하는지 알겠지요?"

"나도 모르는 걸. 삼촌이 옥상으로 모이라고 한 건 다 그만한 이유가 있어서가 아닐까?"

소녀들의 궁금증을 풀어준 사람은 전혀 생각지 못한 사람이었다.

"언니들, 뭐가 그리 재밌어?"

어디선가 들려오는 예리나의 목소리에 소녀들은 예리나를 찾으러 두리번거렸지만 찾을 수 없었다.

"어어? 분명 우리 막냉이 목소리였는데 우리 막냉이

어디 있지?"

"그러게? 나도 분명 우리 막냉이 소리로 들었는데?"

뮤즈 걸즈의 막내는 지현이었는데 지현이도 예리나에게 기꺼이 막냉이를 양보했다. 예리나의 나이는 사차원의 지현과 수진이와 동갑이었지만 제일 후배여서 막냉이라고 불렀던 것이다. 그만큼 예리나를 친근하게 생각하고 있다는 증거였다.

"바보 언니들, 이 위쪽이에요. 위쪽."

"어! 저거, 저 근두운인가 뭔가 하는 거 아냐? 누리 종합리조트에서 타본 것은 저거보다 더 컸었는데?"

"맞아. 훨씬 더 컸던 것 같았어? 그런데 설마 저걸로 투어를 하겠다는 건 아니겠지?"

"아니긴. 저 백룡을 타고 세계 투어를 할 거다."

"설마요?"

"설마가 사람 잡는다는 말은 들어봤겠지? 아마도 이 경우에는 거기에 해당이 될 거다."

고수원 회장이 소녀들을 놀리느라고 장난말을 하자 옥상에 모인 사람들은 다들 심각한 표정이 되어 버렸다.

"에엑! 어떻게 저걸로 100명도 훨씬 넘는 사람이 당겨요?"

"그렇게 심각해질 것 없다. 내가 아까 뭐라고 그랬지?

기대해도 전혀 실망은 하지 않을 것이라고 했지? 그 말은 지금도 유효하단다."

"……."

다들 긴가민가하는 표정으로 있을 때 백룡이 옥상에 바짝 접근하더니 계단을 내렸다.

계단이 완전히 내려지자 고수원이 입을 열었다.

"다들 올라가자."

"씨, 알았어요."

뮤즈 걸즈의 햇살이 툴툴거리며 계단 위에 서자 계단은 마치 에스컬레이터처럼 움직이며 햇살을 백룡 안으로 밀어 올렸다. 햇살을 시작으로 거의 200여 명에 육박하는 투어 식구들이 모두 백룡 안으로 올라갔다.

투어에 참가하는 가수들이 60여 명이지만 스텝들이 그 정도는 되었고, 일부이긴 했지만 스텝 가족들도 함께 동승을 하니 200여 명에 이른 것이다.

"이따님, 땀치여. 땀치두쎄염. 뚜형이 배고파요용."

뮤즈 걸즈의 공인 식신인 수형은 강권의 얼굴을 보자마자 참치 타령을 했다.

거기에 수형과 쌍벽을 이루는 식신 윤이 또한 강권의 얼굴을 보며 침을 흘렸다.

예리나의 안내로 백룡의 이곳저곳을 구경하느라 한참을 돌아다녀 배가 고팠던 모양이었다.

그 모습을 본 강권은 할 말을 잃고 멍해질 수밖에 없었다.

"이따님, 땀치여. 땀치두쎄염. 뚜형이 배고파요웅."

"저두여. 저두여."

"이사님, 저는 와인이요."

뮤즈 걸즈 소녀들이 참치만을 찾는데 비해서 모아는 이사라는 관록을 보이려는지 와인까지 찾았다.

'허어? 없는 참치를 어쩌라고?'

강권의 이런 무언의 거부 의사는 예리나에 의해서 간단히 제압되어졌다.

"오라방, 참치가 없으면 참치를 잡으러 가면 되지 뭘 그러나? 그리고 모아 언니는 와인이 필요한 것 같으니까 와인도 내오고."

"휴우, 알았다. 내가 너한테 어떻게 이기겠냐? 그런데 참치가 떨어졌으니 참치 잡으러 가려면 대여섯 시간은 족히 걸릴 거야. 식당에 가서 뭐 좀 먹으면서 기다리렴. 꽃등심을 사놓았는데 우선 그것이라도 먹던지."

"와아! 꼬기, 꼬기 먹으러 가자."

"이사 오빠, 고맙습니다."

강권은 백룡으로 투어를 결정하면서 '강권 표 와인 두 바리끄를 챙기는 외에도 엄청 많은 양의 부식을 구입했다. 특히 식신들이 좋아하는 꽃등심과 삼겹살 등을 엄청 구입했다.

혼자서 10인분 이상 먹어 치우는 식신들의 식탐을 이미 경험을 했기 때문이었다.

그런데 그런 배려는 식신들이 무대뽀로 없는 참치를 달라고 하면서 이미 망가지고 말았다.

강권은 예리나를 앞세우고 식당으로 향하는 식신들을 보면서 한숨을 지었다.

'에고, 참치를 한 백 마리는 잡아야 되려나?'

이런 강권의 심사를 아는지 고수원이 미안한 듯 사과를 했다.

"최 이사님, 죄송합니다. 애들이 워낙 먹을 걸 밝혀서……."

"하하하, 아닙니다. 잘 먹어야 힘을 쓰죠. 애들 연습하는 거 보니까 장난이 아니던데 그렇게라도 해야 체력을 유지할 것 아니겠습니까?"

"하하하, 그렇게 이해해 주시니 감사할 따름입니다."

"휴우, 고수원 회장님, 그런데 참치를 잡으려면 먼저

남태평양으로 가야 할 듯싶습니다. 그래도 하루 이틀 정도밖에 걸리지 않으니 큰 지장은 없겠지요?"

고수원 회장은 강권의 말에서 진심을 느끼고는 반신반의하듯 물었다.

"최 이사님, 설마 정말 참치를 잡으러 남태평양으로 가시려고 그러시는 것입니까?"

"하하하, 그럼 어쩝니까? 참치를 잡아오지 않으면 나를 회 쳐 먹으려고 들 텐데요."

강권의 우스갯소리에 고수원은 드센 소녀들을 생각하고는 자신이 당했던 것이 떠오르는 듯 몸을 부르르 떨었다.

자금 문제로 심각한 위기에 처했던 시절에 KM을 먹여 살렸다고 봐도 좋을 모아를 위시해서 KM에서는 대체로 소녀들의 입김이 엄청 센 편이었다. 또한 예리나 역시 그 전통을 이어받으려는 듯 강펀치의 소유자였던 것이다.

"휴우, 최 이사님, 정말이지 남의 일 같지 않군요."

"그러게 말입니다."

결국 강권은 '미리내'를 타고 참치를 잡으러 가지 않을 수 없었다.

그런데 강권이 경옥과 예리나의 엄마인 예지은과 함께 참치를 잡으러 간다고 하자 예리나가 따라가겠다고 하면서 일이 커졌다.

모아와 뮤즈 걸즈 등이 따라가겠다고 나선 것이다.

"예리나야, 그건 좀……."

강권은 예리나가 혹(모아와 뮤즈 걸즈)들을 붙이고 따라나서자 곤란하다는 내색을 했다.

"오라방, '미리내' 때문에 그러지요? 회장 삼촌과 황 아저씨도 '미리내'를 탄 적이 있는데 언니들이 탄다고 무슨 문제가 생기겠어요?"

"허어, 리나야, 그분들은 외부에 발설하지 않으실 분들이니까 문제가 생길 리 없잖아. 그렇지만……."

"오라방, 수많은 팬덤들을 이끄는 스타들의 삶이 어떻다는 것을 아세요? 철저한 자기 관리가 기본이 되어야 한단 말이에요. 언니들도 그 정도는 알아서 할 수 있다는 말이니 문제가 없을 거예요."

"그거야 모르는 바는 아니지만 이건 전혀 다른 문제란 말이다."

강권은 여전히 모아와 뮤즈 걸즈에게 '미리내'를 공개하는 것을 꺼려했다.

감추는 게 많을수록 그만큼 더 생사의 기로에서 살 확률이 많아진다는 전생에 경험에 기인한 우려 때문이었다. 하지만 경옥이 예리나의 편에 서자 사정이 달라졌다.

"여보 예리나의 말도 일리가 있어요. 저분들도 우리 식구가 된 것이나 마찬가지니 예리나의 말대로 하는 게 좋겠어요."

"휴우, 알겠소. 그런데 모아 씨와 뮤즈 걸즈들에게 다짐을 받아야 하겠소."

"예. 서약합니다. 당연히 서약을 하고 말구요."

"이사님, 안심하십시오. 지퍼로 입을 봉하겠습니다. 믿어주세요."

모아와 뮤즈 걸즈 등은 '미리내'에 대해서 무한 호기심을 가졌기 때문에 즉각 서약한다고 수선을 피웠다.

강권은 이렇게 모아와 뮤즈 걸즈들에게 비밀 서약을 받은 후에야 '미리내'에 그들을 태웠다.

물론 아공간에 있는 '미리내'를 꺼내는 것만큼은 누구에게도 비밀을 유지했다.

"와아! 겉보기에는 대형 세단 정도의 크기였는데 안에 들어오니까 어지간한 아파트 크기네. 어떻게 이럴 수 있지?"

"헤, 땅꼬야, 거 백롱인가 하는 것도 꼭 이렇더라. 그건 몰랐지?"

"이 멍퐈니야, 누가 땅꼬라는 거야? 나는 햇살, 햇살이란 말이야."

"히이, 알았어. 미안. 앞으로는 꼭 햇살이라고 불러 줄게. 땅꼬야."

"이 헤실퐈니, 멍퐈니가……."

항상 멍하고 어눌한 것 같으면서도 때론 예리한 감각을 표출하는 퐈니에게 햇살은 완패를 당했다. 이럴 때는 와룡퐈니라고 불리던가.

소녀들이 토닥거리는 사이에 '미리내'는 이어도에 도착해서 100여 마리의 다금바리와 그보다 훨씬 많은 수의 해삼과 성게들을 득템했다.

소녀들은 '미리내'가 바다 속으로 가자 마치 '미리내'가 추락을 한 것으로 생각했는지 꺅꺅거리고 난리가 아니었다.

예리나가 나서서 '미리내'가 잠수함처럼 바다 속으로도 갈 수 있다고 설명하자 그제야 감탄사를 연발하며 바다 속 풍경을 감상했다.

이어도는 제주도 해녀들이 갈 수 없는 곳이어서 잠깐 사이에 엄청 많이 잡을 수 있었다.

강권은 즉석에서 1m는 됨직한 다금바리 세 마리와 해삼 성게 등을 회를 쳐서 예지은에게 가장 먼저 시식하게 한 다음에 소녀들에게 주었다.

"금강산도 식후경이라고 일단 먹자고."

"와아! 꼬기다. 꼬기."

"와아! 회다. ·회. 맛있는 회가 왔어요. 일단 한 번 잡 쉬 봐."

식신 수형이 신이 났는지 성대모사까지 해 가면서 회 를 음미했다.

먹을 것을 앞에 두고 이런 드립을 하지 않는 식신이었 지만 불과 10여 분 전에 이미 3인분 이상의 꽃등심을 처 리한 상태였기에 가능한 광경이었다.

누가 더 먹을세라 어지간히 서두르던 소녀들이 한참을 먹은 후에 파니가 젓가락을 입에 문 채로 의문을 표한 다.

"이사님, 그런데 '미리내'는 누가 조장하고 있어요?"

"이봐! 멍파니, 조장이 아니고 조종. 컨트롤, 파일럿, 두 유 언더 스탠?"

"땅꼬야, 아무튼."

강권은 파니와 햇살의 국어 놀이에 미소를 지으며 말 했다.

"파니 양, 자동 조종 기능이 있습니다. 오토라고 해야 하나?"

강권이 이리 대답을 했지만 지금 '미리내'를 조종하고 있는 것은 '해'였다.

백룡은 '달'이 조종을 하고, '미리내'는 '해'가 조종하고 있었던 것이다.

　그걸 알 리 없는 소녀들이 당연하다는 듯 말했다.

　"하긴. 최첨단 비행기니 그럴 수 있겠네."

제4장
환상의 무대, 콘서트 'Magic Field'

Dr. Seer.와 KM 소속 가수들의 콘서트 티켓이 성황리에 발매된 것은 일본 우익에 엄청난 위기감을 주었다.

　특히 4월 10일 콘서트가 열리게 될 사이타마 스타디움 2002가 있는 사이타마 현은 도쿄와 엄청 가까웠기 때문에 그 위기감을 더욱 크게 느끼는 것 같았다. 일본회의는 즉각 회의를 소집해 대응책을 논의했다.

　상황이 심각하다고 느꼈는지 일본회의 의장 히라누마 다케오, 부의장인 아베 전 총리와 고이케 유리코 자민당 총무회장, 울릉도 사건의 주역인 시조모와 이시바 시게루, 아소 다로 전 총리 등이 모두 참석했다.

[빠가야로, 일을 어떻게 처리해서 이런 사태를 불러일으킨단 말인가? 다른 연놈들이야 콘서트를 하든 말든 상관이 없지만 Dr. Seer.란 자는 아니지 않나? 그자가 하는 콘서트만은 우리 일본에서 열리는 것을 반드시 막아야 해.]

[그러게 말입니다. 히라누마 의장님, 다른 곳도 아니고 어떻게 대일본 황실의 은총을 입었던 미쓰비시 그룹 소유의 사이타마 스타디움 2002에서 그런 수치스런 콘서트가 열릴 수 있느냐 그 말입니다.]

[미쓰비시를 맡고 있는 고지마 군이 돈에 눈이 먼 모양입니다. 그러게 그런 자를 회장에 앉히는 게 아니었습니다.]

[이나마 의원, 어떻게 하면 좋겠는가?]

이나마란 자는 중의원이지만 변호사로서 일본 우익의 고문 변호사와 같은 역할을 수행했던 자였다.

[히라누마 의장님, 계약서를 봐야 뭐라고 답변을 드릴 수가 있겠습니다. 일단 사용대차 계약일 테니 해지가 가능하다고 볼 수 있습니다. 그리고 그럴 경우에 보통 해지로 인한 위약금을 물어주면 되는 것이지만 손해배상 조항이 명시되어 있는 경우는 우선적으로 그 조항에 따르게

되어 있습니다.]

[그럼 고지마 군에게 사용대차 계약서를 가져오게 할까?]

[일단은 그게 가장 좋겠습니다. 그렇지만 사용대차 계약을 해지할 경우에 우리 쪽에서 사회적, 도의적 책임을 져야 할 것입니다.]

[이나마 군, 사회적, 도의적 책임이라니 무슨 말인가?]

[휴우, 히라누마 의장님, 제가 걱정하는 것은 사용대차 계약의 해지로 인해서 콘서트가 열리지 못할 경우에 티켓을 구입한 15만 6천 7백 명이 과연 가만히 있을 것인가 하는 것입니다. 게다가 Dr. Seer.의 명성이 세계적으로 얼마만한 영향력이 있느냐 하는 것도 중요한 변수가 될 수 있습니다.]

이나마는 여기까지 말하고는 무엇이 마음에 걸리는지 잔뜩 이마를 찌푸리더니 한숨을 내쉬며 말을 이었다.

[Dr. Seer.란 자의 명성이 세계적으로 크게 영향을 미친다면 콘서트를 열지 못하게 할 경우 그 반향은 고스란히 우리 일본이 지게 될 것입니다.]

[이나마 군, 그 반향이라면 무엇을 가리키는 말인가?]

[우리 대일본에 우호적이던 많은 사람들이 등을 돌릴 수 있다는 말입니다. 그렇게 된다면 기왕에 공표된 콘서트

가 행해진 것보다 더 많은 것을 잃을 수 있을 것입니다.]

[그럼 이번에는 콘서트가 열리는 것을 그대로 보고 있을 수밖에 없다는 말인가?]

[제가 조사한 것에 의하면 Dr. Seer.란 자의 이번 콘서트가 세계 투어의 일환에 의한 것입니다. 그러니까 이번 콘서트에 대한 외신들의 반응을 지켜본 후에 조치를 취하는 게 좋을 것 같습니다. 그리고 그걸 떠나서 미쓰비시의 고지마 군에 대해서는 엄중하게 경고를 할 필요가 있다고 봅니다.]

이나마의 말을 들은 후에 이번에는 이시바 시게루가 나서서 자기 의견을 말했다.

[히마누라 의장님, 제가 고지마 군과 안면이 있으니 전화를 넣어 우리 일본회의의 입장을 표명하겠습니다.]

[그래 주겠소? 이시바 정조회장.]

히라누마의 허락을 받은 이시바는 다들 들을 수 있도록 스피커폰을 켜고 고지마 요리히코 미쓰비시 회장에게 전화를 했다.

[고지마 군. 나는 이시바 시게루요. 도대체 어떻게 된 거요?]

[이시바 상, 밑도 끝도 없이 도대체 어떻게 된 것이냐고 하시면 제가 이시바 상의 의도를 어떻게 알겠습니까?]

[고지마 군의 사이타마 스타디움 2002에서 어떻게 조센징들이 콘서트를 여느냐는 그 말이오?]

[하! 그거야, 사이타마 스타디움 2002의 관리는 제 소관이 아니라서 저도 보고받고서야 알았습니다.]

[당장에 사용대차 계약을 해지하시는 게 어떻소?]

[저, 그것이 그렇게 간단한 문제가 아닙니다. 상대의 귀책사유 없이 사용대차 계약을 해지해서 콘서트가 열리지 못하게 되면 그로 인해서 발생하는 모든 손해 배상을 우리 쪽에서 지게 되어 있습니다.]

고지마 미쓰비시 회장이 진땀을 흘리며 답을 하자 이시바 자민당 정조회장이 아무렇지도 않다는 듯 말했다.

[그거야 손해배상을 해주면 될 것 아니겠소?]

[이시바 정조회장님, 손해배상금이 자그마치 50억 엔입니다. 또한 마이클 잭슨에 버금가는 명성을 지닌 Dr. Seer.가 콘서트 약속을 지키지 못함으로써 야기되는 명예 훼손에 대한 손해배상, 거기에 콘서트를 보지 못한 15만 7천 명에 대한 손해배상 등을 각오해야 할 것입니다. 그것뿐이 아니라 전 세계에 퍼져 있는 Dr. Seer.의 팬들이 우리 일본을 신의가 없는 나라라고 욕할 수도 있습니다. 돈을 잃는 것도 아프지만 명예를 잃는 것은 더욱 큰 아픔이 아닐 수 없습니다. 그래도 좋다면 한 번 고려

해 보겠습니다.]

이시바 시게루는 고지마 요리히코의 변명에 법률가인 이나마의 생각을 타진했다.

이나마는 고지마 요리히코의 변명이 좀 논리의 비약이 있기는 하지만 미쓰비시의 브랜드 가치가 떨어질 위험성에 대해 부인할 수는 없었다.

[아무튼 어떻게 해서라도 사이타마 스타디움 2002에서 조센징들이 콘서트를 열지 못하도록 하시오. 우리 일본 회의는 지켜보고 있겠소.]

이렇게 일본회의의 일방 통고에 고지마 회장은 그룹 차원의 대책 마련에 부심하지 않을 수 없었다.

글로벌 그룹인 미쓰비시라도 일본회의의 영향력을 전적으로 무시할 수는 없기 때문이었다.

[회장님, Dr. Seer.의 콘서트가 우리 쪽의 귀책사유로 열리지 못하게 되면 아마도 우리 그룹은 엄청난 타격을 받게 될 것입니다. 차라리 극우파인 일본회의의 노여움을 감수하고라도 강행해야 합니다.]

[회장님, 저도 미우라 군의 의견에 찬성합니다. Dr. Seer.는 바로 차세대 세계 경제를 선도할 것이 틀림없는 그룹 '환'의 CEO입니다. 게다가 CEO라고 해서 단지 무늬만 CEO가 아니라 그룹 '환'이 Dr. Seer.의

개인 회사나 마찬가지입니다. 게다가 그룹 '환'에서 우리 그룹과 이해관계 있는 분야에서 가지고 있는 첨단 특허만 해도 50여 건이 있습니다. 만약 그룹 '환'에서 작정을 하고 그 50여 건의 특허를 활용한다면 우리 미쓰비시는 반 토막이 될 수도 있을 것입니다. 신중하게 대처를 하셔야 합니다.]

[다케무라 군, 그 머리에 똥만 가득 찬 빠가야로 녀석들이 그걸 모르니 한심할 노릇이 아닌가? 이 노릇을 어떻게 대해야 하는지 정말이지 답답하기 그지없네.]

[회장님, 만약 우리 미쓰비시 그룹의 귀책사유 없이 저쪽의 귀책사유로 콘서트가 열리지 못하게 만들면 어떻겠습니까?]

세일즈맨으로 입사해서 일약 미쓰비시 상사의 사장이 된 시게마루의 의견이었다.

이 시게마루의 의견이 나오자 여기저기서 찬성하고 나섰다.

일본 회의의 노여움도 사지 않고 명예도 지키는 일석이조의 계책이라는 말까지 하는 자도 있었다.

하지만 그 의견에 고지마 회장의 비서실장인 다케무라는 강력하게 반대를 했다.

[시게마루 상, 귀하는 그룹 '환'의 정보 수집 능력이

어떻다고 보십니까? 그룹 '환' 모르게 술수를 쓸 수 있다고 보십니까? 전 세계의 첩보 위성을 자기 것처럼 마음대로 조종할 수 있는 집단입니다. 또 그깟 콘서트 하지 않는다고 해서 Dr. Seer.가 눈이라도 깜빡할 줄 아십니까? 천만해요. 절대로 그렇지 않습니다. Dr. Seer.가 누구입니까? 전 세계에 앨범 1억 장 이상을 팔고서도 콘서트 한 번을 열지 않았던 사람입니다. 자칫 잘못하다가는 우리 미쓰비시가 항모전단을 통째로 날려먹고도 막대한 손해배상을 해야 했던 중국 꼴이 날 것입니다.]

다케무라의 말에 그 누구도 반박을 하지 못했다.

Dr. Seer.가 했던 일들이 매스컴으로 밝혀진 것은 하나도 없었지만 세계 최고의 강대국이라는 미국도, 그 미국을 움츠리게 만드는 중국도 그의 심기를 건드리지 않으려는 것은 확실했기 때문이다.

미쓰비시가 일본 제2위의 재벌 그룹이고 130여 년 세월 동안 버텨온 저력을 가진 기업답게 그 정도의 정보는 알고 있었던 것이다.

결국 미쓰비시는 일본 회의에 노여움을 감수하더라도 사이타마 스타디움 2002의 사용대차 계약을 유지하는 것으로 결정했다.

물론 이것은 고지마 회장의 입김이 잔뜩 들어간 결정

이었다. 고지마 회장은 천부의 승부사였고, 태생적으로 돈 냄새를 잘 맡았다.

그래서 일본 우익보다는 Dr. Seer. 쪽을 택했다.

사실 고지마 회장은 P엔터테인먼트가 Dr. Seer.의 콘서트를 위해서 사이타마 스타디움 2002를 대차하려고 할 때부터 이런 경우가 발생할 것을 예견했었다.

그래서 KM 측에서 요구했던 상대의 귀책사유로 인해서 콘서트를 열지 못할 경우에 예상 가능한 모든 손해에 대해서 책임을 진다는 조항을 모른 척 넘어가지 않았던가? 고지마 회장이 그걸 묵인했던 것은 KM을 높이 사서 그런 것은 아니었다.

Dr. Seer.와 인연을 맺어두기 위해서였던 것이다.

아무튼 미쓰비시 그룹의 이익을 위해서는 어떠한 행위도 할 수 있는 자가 고지마라는 인물이었다. 더욱 무서운 것은 그런 것을 교묘하게 감출 수 있는 포장술이었다.

자기 것을 지키기 위해서라면 무한 변신을 마다하지 않을 자가 고지마 요리히코였던 것이다.

그의 무한 변신의 포석은 그룹 대책 회의 다음에 있었던 일화에 잘 드러나고 있었다.

[다케무라 군, 자네는 우리 일본 천황의 핏줄이 어디에서 유래가 되었다고 생각하는가?]

[회장님 갑자기 무슨 말씀이신지요?]

[다케무라 군, 저 머리에 똥만 가득 찬 빠가야로 녀석들의 아비나 할아비들이 주장했던 내선일체(內鮮一體)니, 한뿌리 어쩌고저쩌고 하는 말들이 어떻게 해서 나왔던 말인지 아는가? 천황의 선조가 백제의 방계 왕족이었기 때문이라네. 그런데 그렇게 주장할 수 없으니까 바꾸어 부르고 있는 것이지. 저 똥 덩어리들은 아직도 고구려, 백제, 신라가 쟁패하고 있는 한국의 고대 역사, 삼국 시대에 머물러 있고 또 생각하고 있는 게 그것뿐이라는 말인 게야.]

고지마를 10여 년 이상 모셔 온 비서 다케무라는 고지마 회장이 왜 이런 말을 하는지 잘 알고 있었다.

고지마 회장이 일본의 원류가 백제이고 또 앞으로의 대세는 한반도가 될 것이라고 믿고 있기 때문이라는 것을 다케무라는 확신하고 있었다.

다케무라 역시 고지마를 따르면서 일본이 역사 왜곡을 하고 있는 여러 정황을 포착할 수 있었던 것이다. 하지만 아직은 그걸 입 밖으로 내뱉을 수는 없는 노릇이라는 것도 알고 있었다.

'한동안 일본회의 놈들에게 시달릴 생각에 저러시는데…… 쩝.'

고지마의 이런 선택은 탁월했다는 것이 하나하나 입증되기 시작했다.

Dr. Seer.의 콘서트가 일본 회의에서 함부로 다룰 수 없을 만큼 세계적으로 이슈가 되어 버렸다.

Dr. Seer.의 콘서트 소식이 해외에 송출이 되자 KM엔터테인먼트의 홈페이지는 투어를 문의하는 전 세계의 네티즌들로 인해서 서버가 이내 다운이 되어 버렸던 것이다.

KM 엔터테인먼트의 홈페이지의 서버가 다운이 되자 다시 한국 대사관에 문의가 속출해서 한국 대사관의 업무가 마비되어 버렸다.

사안이 이렇게 심각해지자 '환' 매니지먼트사와 KM엔터테인먼트는 합동 기자 회견을 열고 Dr. Seer.와 KM 소속 가수들의 세계 투어를 알리지 않을 수 없었다.

그렇게 콘서트 'Magic Field' 우여곡절을 겪은 끝에 이루어지게 되었다.

콘서트 'Magic Field'을 둘러싸고 이런 사건이 벌어지고 있다는 것을 모르는 소녀들은 남태평양의 이국적

풍광을 만끽하고 있었다.

소녀들이 이렇게 때 아닌 휴가를 보낼 수 있게 된 것은 '달'이 무작정 백룡을 몰고 '미리내'의 뒤를 따르는 것에서 비롯되었다.

콘서트 날짜가 잡혀 있으니 다른 스케줄이 있을 리 없어 기왕 벌어진 사태에 고수원 회장이 나머지 기간 동안 이곳에 있기로 결정해 버렸다.

먹을 것 걱정도 없겠다, 잘 곳 걱정도 없겠다, *별유천지비인간(別有天地非人間)이 바로 눈앞에 있지 않은가?

그동안 앞만 바라보고 뛰어왔던 고수원 회장도 천금 같은 기회를 그냥 무산시키고 싶지 않았던 것이리라.

강권도 저번에 예지은을 빼놓고 식구들이 모두 이곳에서 놀다갔던 것이 있어 굳이 반대하지 않았다.

"어머! 정말 아름답다. 그런데 도대체 여기가 어디라니?"

"호호, 언니, 여기가 바로 그 유명한 뉴칼레도니아라는 곳이야."

"뉴칼레도니아? 뉴칼레도니아가 어떤 곳인데?"

"리나는 여기 와 봤어?"

소녀들의 질문 공세에 예리나는 의기양양하게 말했다.

"호호호, 와 봤다 뿐이겠어? 일주일 동안 푹 쉬었던

적도 있는 걸."

예리나는 이렇게 서두를 꺼낸 다음에 경옥에게서 들었던 얘기들을 미주알고주알 말하기 시작했다.

섬의 60% 이상이 유네스코 세계 자연유산에 등재될 만큼 빼어나다느니, 남태평양의 작은 프랑스라느니, '꽃보다 남자'의 촬영지라는 등등.

예리나의 얘기는 투어에 참가하는 KM 소속 가수들에게도 나름 솔깃하게 들렸다.

어린 시절부터 연습생으로 세상과 담을 쌓고 살았고, 데뷔를 해서는 극성 팬들의 이목에 신경을 쓰느라 이런 곳을 꿈도 꿀 수 없었던 있었겠는가.

팬들의 이목을 전혀 신경 쓸 필요가 없는 이곳은 그들에게 평안한 안식이 있는 파라다이스가 아닐 수 없었다.

예리나의 얘기에 취해 있던 더 블랙박스의 리더 윤준상이 몽롱한 표정으로 예리나를 보며 말했다.

"야! 천수야, 리나 쟤 어떻게 해볼까? 연예인 같지도 않은 연예인이라는 것이 엄청 매력적이지 않냐?"

"뭐어? 너 지금 제정신이냐? 리나가 누구 이것인지 알고 있기나 하냐?"

윤준상은 배천수가 새끼손가락을 치켜세우며 말하는 것에 웃긴다는 듯 대꾸했다.

"짜식, 골키퍼 있다고 골인이 안 되냐? 누구 이거든지 여자들은 일단 자빠뜨리면 끝이라는 걸 알고는 있냐? 리나 저 정도의 미모면 누가 스폰을 해도 했겠지. 참, 리나 쟤는 칼은 물론이고 주사 한 방 맞지 않은 완전 천연 미인이라고 하더라."

"준상아, 준상아, 리나 쟤 최 이사님 이거야. 그렇지 않다고 해도 리나에게 수작을 부리다가는 큰 코 다칠 걸? 회사 앞에서 어떤 떡대가 개박살 나는 걸 본 적이 있거든. 더도 말고 단 한 방에 보내더라. 덩치만 믿고 깝죽대던 그 떡대는 한 방에 꼬꾸라져서 완전 피똥을 싸더라니까."

"리나가 최 이사님 동생이 아니라 이거였다고?"

"그래. 이 따식아. 너 나 때문에 황천길 면한 줄이나 알라고."

이처럼 예리나는 이번 투어의 참가한 사람들의 모든 이목을 받고 있었다.

물론 남자 연예인들은 어떻게 엮어볼까 하는 마음에서, 여자 연예인들은 강권에게 어떻게 접근할 수 없을까 하는 마음에서 예리나에게 접근하는 면도 있었다.

그런데 예리나는 그러든지 말든지 전혀 신경도 쓰지 않았다.

그것보다는 전혀 예정에 없이 온 것이어서 다들 여름옷이 없는 게 오히려 더 신경이 쓰인 것 같았다. 예리나가 신경이 쓰이면 괴로운 것은 강권이었다.

아니나 다를까 예리나는 강권을 닦달하기 시작했다.

"오라방, 오라방은 우리가 사우나 하러 여기에 왔다고 생각해?"

"리나야, 그게 무슨 말이냐?"

"에효, 이 둔탱이 오라방아, 눈치 좀 있어라. 다들 땀을 삐질삐질 흘리고 있는데 뭐 느껴지는 게 없냐?"

"그러니까 어쩌라고? 나더러 여름옷을 만들어 오라는 거야 뭐야?"

"빙고. 기왕 이렇게 된 거 오라방이 한 턱 써라. 서울에 전화해서 옷을 사놓으라고 하면 두 시간이면 갔다 올 수 있잖아. 하루 이틀도 아니고 무려 열흘 동안이나 두꺼운 옷을 입고 지내라는 건 좀 너무한 것 같지 않아? 기왕 사는 김에 수영복도 사서 돌리는 것도 좋겠지 않아?"

"알았다. 그렇게 하면 되지."

결국 예리나의 등쌀에 강권은 200여 벌이나 되는 여름옷과 수영복을 돌려야 했다.

예리나 덕분에 투어에 참가하는 모든 사람들은 옷 두 벌을 공짜로 얻을 수 있었다.

❖ ❖ ❖

사이타마 스타디움 2002.

도쿄와 접한 사이타마 현(埼玉縣)의 우라와 시(浦和市)에 있는 축구 전용 경기장이다.

관중석을 제외하고도 총면적이 6만 7,908㎡에 달하며 6만 3천 7백 명을 수용할 수 있는 일본 최대 규모의 축구 경기장이다.

그렇지만 일본인들 사이에서 사이타마 스타디움 2002는 J리그에서 가장 인기 있는 구단인 우라와 레드 다이아몬즈(Urawa Red Diamonds)의 홈구장으로 더 잘 알려져 있다.

우라와 레즈로 불리는 우라와 레드 다이아몬즈의 모기업은 일본 제2의 재벌 기업인 미쓰비시 그룹이다.

붉은색 다이아몬드 세 개가 삼각형을 이루고 있는 우라와 레즈의 심벌은 미쓰비시의 심벌에서 나온 것이다.

관중석의 3분지 2를 덮는 테플론 천막에 석양빛이 드리우자 사이타마 스타디움 2002에는 구름 같은 인파들이 몰려들기 시작했다.

그들의 손에는 형형색색의 형광 막대가 쥐어져 있고

나이에 상관없이 선호하는 가수의 응원 문구가 써진 보드를 옆구리에 끼고 있었다.

"Dr. Seer. 사랑해요."

"리나 양, 사랑합니다."

KBC, SBC, MBS 방송국의 카메라가 자기들을 비출 때면 또렷한 한국말로 목청껏 소리를 질러댔다.

KBC, SBC, MBS가 대한민국 방송국이라는 것을 아는 까닭이리라.

콘서트는 일곱 시부터 시작되는데도 여섯 시가 되기도 전에 사이타마 스타디움 2002는 입추의 여지가 없었다.

근 보름째 일본 열도를 뜨겁게 달구었던 콘서트 'Magic Field'의 열기가 그대로 반영된 모습이었다.

그런데 어찌 된 영문인지 콘서트가 열리는 일곱 시에 임박해서 갑자기 조명이 꺼져 버렸다.

대행사인 P엔터테인먼트사 직원들이 백방으로 뛰어다니면서 묻고 다녔지만 스타디움 관계자는 자기들도 모르겠다는 듯 얼버무릴 뿐이었다.

급기야 미나기 이사가 스타디움 관계자에게 닦달을 하기에 이르렀다.

[콘서트가 금방 시작되어야 하는데 도대체 왜 조명이 꺼져 버린 거요?]

[죄송합니다. 덤프 트럭이 전신주를 들이받아서 변압기가 터졌다고 합니다. 미쓰비시 전기에서 복구를 서두르고 있으니 아마 한두 시간 후에는 정상적으로 전기가 공급이 될 것입니다. 그러니 조금만 참고 기다려 주십시오.]

부득이한 사정이라는 데야 미나기 이사는 뭐라고 할 수 없었다. 그렇다고 전기가 들어오지 않는데 어떻게 공연을 한단 말인가. 미나기 이사는 어떻게 대처할 방법이 없어 발만 동동 굴렀다.

[휴우, 그나저나 시간이 다 되어 가는데 KM 쪽에서는 왜 코빼기도 비추지 않는 거야? 도대체 어떻게 하겠다는 거지? 에이, 차라리 오지 말아 버려라.]

이런 미나기 이사의 애타는 바람은 이루어지지 않았다.

정확히 일곱 시 십 분 전에 고수원 회장에게서 전화가 걸려온 것이다.

[미나기 상, 어떻게 된 것입니까? 왜 사이타마 스타디움 2002 근처만 전기가 들어오지 않는 것입니까?]

[저, 그게…… 근처에서 사고가 나서 변압기가 터졌답니다. 한두 시간 후에나 복구가 된다고 하는데 어떻게 했으면 좋겠습니까?]

[뭐라고요? 그럼 어쩌자는 겁니까? 사이타마 스타디움

2002는 월드컵도 치렀는데 비상 발전 시설도 안 되어 있답니까?]

[예에? 아! 예. 즉각 조치하도록 하겠습니다.]

일본 회의에서 작정을 하고 의도적으로 전기를 끊어 버렸는데 비상 발전이 제대로 가동될 리 만무하였다.

이번에는 비상 발전을 담당하는 직원이 갑자기 쓰러져서 응급실에 실려 갔다는 것이었다. 너무나 공교로웠지만 사람이 위독해서 응급실에 실려 갔다는데 뭐라고 할 수 있겠는가?

미나기 이사는 급히 고수원 회장에게 전화를 해서 상황을 보고했다. 이번에는 고수원 회장도 거의 미칠 지경이 되어 펄펄 뛰었다.

[아니 전기가 들어오지 않으면 도대체 어떻게 공연하란 말입니까? 생목으로 노래를 부르고 어둠 속에서 군무를 추어야 되는 겁니까, 뭡니까? 설마 콘서트를 하지 못하게 일부러 전기를 끊은 것은 아니겠지요?]

[서, 설마 그럴 리가 있겠습니까?]

대답은 그렇게 했지만 미나기가 우연하게 얻은 정보로는 Dr. Seer.의 콘서트를 막으려고 일본회의에서 작정하고 전기를 끊어 버렸다고 한다.

'빌어먹을 놈들 같으니라고!'

하지만 그런 내색을 할 수 없어 떨리는 목소리로 고수원 회장에게 물었다.

[회장님, 그나저나 한두 시간 기다렸다가 공연을 하는 게 좋겠습니까? 아니면 차후에 따로 공연 날짜를 잡는 것이 좋겠습니까?]

미나기 이사가 예의상 고수원 회장의 의향을 물어보지만 사실상 후자 쪽에 기운 상태였다.

다음에 Dr. Seer.가 참가할 수 없는 때를 택해서 연다면 일본 회의에서도 달리 제재를 하지 않을 것이기 때문이었다.

그런데 뜻밖에도 고수원 회장은 당장 공연을 시작하겠다는 것이었다.

전기가 들어오지 않으면 용빼는 재주가 있다고 해도 콘서트를 열 수 없는 것이 상식이지 않는가. 너무 놀란 나머지 미나기의 어조는 사시나무 떨 듯 떨리고 있었다.

[예에? 아니, 전기도 들어오지 않는데 어떻게 공연을 하겠다는 것입니까? 설마 안무 없이 노래만 부르려는 것은 아니겠지요?]

[지금 장난하고 있는 것입니까? 막말로 그쪽에서는 순간 모면하자고 그런 식의 장난질을 하시렵니까?]

[……]

[휴우, 열불이 나서 못할 말을 한 것 같아 죄송합니다. 미나기 이사님, 콘서트는 지지든 볶든 우리가 알아서 하겠으니 귀사에서는 청중들이 동요하지 않도록 조치를 취해주십시오.]

　[그, 그거야. 휴우, 알겠습니다. 그렇게 하도록 하겠습니다.]

　고수원 회장이 미나기 이사에게 자신 있게 말한 것은 강권이 그렇게 시켰기 때문이었다.

　"최 이사님께서 시키신 대로는 했지만 저는 도무지 이해가 되지 않습니다. 전기도 없는데 어떻게 애들한테 노래를 부르고 춤을 추게 합니까?"

　"하하하, 애들은 이미 공연 준비가 끝났습니다. 이제 즐길 일만 남은 셈이지요. 이제 스테이지로 가볼까요?"

　"그럼 설마 백룡 안에서 노래를 부르면……."

　"하하하, 백문(百聞)이 불여일견(不如一見)이라고 고 회장님께서 직접 눈으로 확인을 하십시오."

　"……."

　백룡의 내부에는 자신들이 직접 노래를 부르면서 잘잘

못을 체크하는 연습실과 실제 무대에서 공연하는 것 같은
느낌을 들도록 만들어진 오디션 스테이지가 있었다.

KM의 전부라 할 수 있는 8팀의 그룹과 3명(강권은
거의 참석을 하지 않았지만)의 솔로들은 오디션 스테이지
에서 하루 한 번씩 투어에서와 마찬가지로 공연을 했었
다.

백룡에 있는 기자재들이 워낙 좋아서 실수를 놓칠 일
은 없었다.

놀라운 것은 공연을 3차원 시뮬레이션으로 확인할 수
있다는 것이었다. 그렇게 되자 가창력과 안무에서 이미
톱클래스라고 공인을 받아 프로듀서나 트레이너들이 실
수를 지적하기가 애매한 모아까지도 스스로 자신의 실수
를 인정해야 하는 경우가 많았다.

연습 공연에서 그렇게 발견되어지는 문제점들은 즉각
적으로 보컬 트레이너와 안무 트레이너, 프로듀서로 짜진
전담 팀에 의해서 보정이 된다.

그렇게 본다면 뉴칼레도니아에서의 10박 11일이 완전
'먹고놀자판'은 아니었다.

아니, 어떻게 보면 한 번 백룡의 오디션 스테이지에서
서 본 경험이 아이들에게는 실제로 몇 번 공연하는 것보
다도 더 효과적이었다.

실제로 아이들도 자기 노래를 듣고 안무를 보면서 잘못을 직접 보기 때문에 연습에 대한 몰입도가 장난이 아니었다.

오죽 했으면 아이들이 이런 기자재가 있었다면 연습생 기간이 훨씬 짧았을 것이라고 했겠는가?

'그걸 모르는 것은 아니지만 오디션 스테이지에서 부르는 것이 어떻게 청중들에게 전달된다는 거지?'

강권의 말에 일말의 기대를 하면서도 고수원은 반신반의하지 않을 수 없었다.

고수원이 반신반의하고 있는 것을 아는지 모르는지 강권은 천하태평이었다.

고수원이 강권의 뒤를 따라 오디션 스테이지에 도착한 것은 7시 5분 전.

이제 5분 후면 야심만만한 'Magic Field'의 막이 오르게 되는 것이다.

고수원은 오디션 스테이지에서 대기하고 있는 소속 가수들에게 다가갔다.

"사차원이 'Magic Field'의 오프닝을 하는 것 잘 알고 있지?"

"히잉, 삼촌, 저기 막내도 있는데 꼭 우리 사차원이 오프닝을 담당해야 하는 거예요? 어케 막내에게 오프닝을 시킬 수…… 없을까요?"

눈웃음을 살살 쳐가면서 고수원 회장에게 애교 만땅으로 항의하는 아이는 사차원의 지현이었다.

사실 콘서트에서 실력이 제일 처지는 가수들이 오프닝 무대를 담당한다는 게 정설이기 때문에 하는 항의였다. 그런데 고수원 회장의 견해는 확고했다.

"하하, 지현아, 만약에 리나가 앞에서 공연을 해 버리면 이번 콘서트는 망친다고 봐야 한단다. 아마 모아 언니도 리나 뒤에서 노래 부르기를 꺼려 할 걸? 그래도 지현이는 꼭 리나를 오프닝 무대에 세워야 하겠니?"

고수원 회장의 말에 지현이는 다른 그룹의 언니, 오빠들을 쳐다보았지만 다들 고수원 회장의 말에 동감하는 분위기였다. 지현은 순간 마음이 암울해졌다.

'히잉, 막냉이를 언제 면하나? 우리도 데뷔한 지가 햇수로 벌써 4년째인데 아직도 오프닝 신세를 벗어나지 못하니 말이지.'

지현이도 사실 예리나의 노래 실력이 자기네들보다 훨씬 낫다는 걸 알고는 있었지만 인정하고 싶지 않았을 따름일 뿐이었다.

하지만 다들 그렇게 생각한다니 마음을 바꿀 수밖에 없었다. 그런데 이렇게 마음을 바꾸어 먹자 암울해하던

지현의 얼굴에는 어느새 생글생글한 미소가 감돌고 있었다.

지현이 나이는 어렸지만 프로 근성을 갖고 있다는 것에 대한 증명이었다. 아주 꼬맹이 때에 아역 탤런트로 데뷔를 했으니 거기에서 비롯된 연예인의 관록도 작용했으리라.

드디어 7시 정각이 되자 백룡이 환한 빛을 뿜으면서 'Magic Field'가 펼쳐졌다.

사이타마 스타디움 2002의 상공 50여 미터에 떠 있는 백룡의 하부에서 Dr. Seer.와 리나가 빛을 타고 내려오면서 오프닝 멘트를 하는 것으로 시작된 것이다.

이미 섭외를 했던 일본인 MC가 정전을 이유로 펑크를 낸 때문이었다.

[안녕하세요. Dr. Seer.입니다. 저와 KM 식구들의 역사적인 세계 투어를 이곳 사이타마 스타디움 2002에서부터 시작하네요. 그런 의미에서 생각한다면 여러분들은 축복을 받았다고 할 수 있네요.]

[안녕하세요. 저는 여러분들의 과분한 사랑을 받고 있는 리나입니다. 이렇게 투어를 시작하면서 여러분들을 가까이서 뵐 수 있다는 게 리나는 너무나 행복하답니다. 여러분 이제부터 콘서트 'Magic Field'를 시작하도록

하겠습니다. 오프닝 무대를 장식해 주실 분들은 아름다운 다섯 분의 아가씨들입니다. 제2의 뮤즈 걸즈로 성장해 가고 있는 걸 그룹 사차원입니다. 여러분 뜨거운 박수로 맞아주십시오.]

[와아!]

[사차원, 사차원!]

오프닝 멘트로부터 콘서트 'Magic Field'는 청중들을 압도하기 시작했다.

50m 상공에서 무지개에 둘러싸인 Dr. Seer.와 리나가 천천히 내려오면서부터 환희에 찬 고성이 터져 나왔는데 그럼에도 불구하고 Dr. Seer.와 리나의 음성은 아주 또렷하게 들렸다.

그리고 사차원들의 무대는 완벽한 입체음향으로 청중들에게 생생하게 감동을 주고 있었다. 그런데 놀란 것은 청중들만이 아니었다.

"분명 사차원들이 여기에서 공연을 하고 있는데 어떻게 허공에서 노래를 부르는 것 같지?"

"어, 어떻게 된 거야? 이거 완전 콘서트에 온 것 같네."

"그, 그러게. 이게 어떻게 된 것이야? 마치 스타워즈를 보는 것 같아."

백룡에서 대기하고 있던 KM 소속의 가수들과 스텝들도 도저히 믿기지 않는다는 듯 오디션 스테이지에서 공연을 하고 있는 사차원과 화면을 번갈아 보고 있었다.

그도 그럴 것이 사차원의 공연은 23C에나 보편화된 홀로그램을 사용해서 허공에 투영한 것이었기 때문이다.

그런데 더 놀라운 것은 오디션 스테이지의 사방에 스타디움에서 벌어지는 장면들이 투영이 되고 있다는 것이었다.

금방에라도 오디션 스테이지 안으로 들어올 것 같은 청중들, 그리고 그들이 사차원의 공연에 반응하여 내지르는 고성과 땀과 기쁨의 눈물까지. 이건 완전 생생한 현장감이었다.

대기실에서 자기들 차례를 기다리고 있던 가수들과 스텝들도 사차원의 공연에서 그걸 느낄 수 있었다.

대기실이 완벽하게 방음 처리가 되어 오디션 스테이지에서 나는 소리가 일체 들리지는 않았지만 사차원의 공연은 실제 무대가 아니라면 엿볼 수 없는 청중들과의 일체감이 느껴졌던 것이다.

"나는 무대 체질이라서 오디션 스테이지에서 공연한다는 것이 마음에 걸렸는데 그런 걱정은 하지 않아도 될 듯싶네."

"그렇지? 사실 무대에서 공연하면 청중들에게서 기(氣)를 받는 것 같거든. 아마 콘서트를 뛰어본 가수들이라면 다들 그런 것을 느꼈을 걸."

그렇게 시작된 콘서트의 1부는 8팀의 KM 그룹들이 체력 안배 차원에서 번갈아 가면서 팀당 3곡씩을 부르는 것으로 청중들을 뜨겁게 달구어 놓았다.

그렇게 1부가 끝나자 두 시간이 후딱 지나갔다. 이제 남은 것은 2부.

완전한 월드 스타의 반열에 오른 모아와 예리나, Dr. Seer.의 무대뿐이었다.

1부가 완전 동적인 다이내믹한 무대라면 2부는 동적인 면과 정적인 면의 조화가 될 것이라고 다들 예상을 했다.

막간을 이용해서 환상적인 레이저 쇼가 펼쳐지고 2부가 시작되었다.

1부의 진행자가 Dr. Seer.와 리나였는데 비해 2부는 9명의 예쁜 소녀들로 이루어진 뮤즈 걸즈가 책임지게 되었다.

2010년 8월말에 처음 일본에 진출했던 뮤즈 걸즈는 이제는 언어 장벽을 완전히 극복하고 유창한 일본말로 2부를 진행했다.

[이번 순서는 우리 KM 소속 가수들 중에서 가장 먼저

여러분들 앞에서 섰던 모아 씨입니다. 아마 2001년부터 였죠?]

[그래요. 아마 그럴 것입니다. 오늘의 KM이 될 수 있었던 것도 모아 언니의 힘이 상당히 컸다고 보는데 그런 의미에서 보면 여러분들은 모아 씨에게 감사하셔야 될 겁니다. 모아 씨가 없었다면 아마 이 콘서트도 없었을지 모르니까요.]

[모아 씨입니다. 큰 박수로 맞이해 주십시오.]

모아는 연달아 세 곡을 부르는 것으로 공연을 마쳤다. 그리고 남은 공연은 오늘의 메인 이벤트라고 할 수 있는 Dr. Seer.와 리나뿐이었다.

리나가 먼저 스테이지에 올라서 '나쁜 남자도 좋아.' 란 곡을 불렀다. 이 노래와 더불어 리나는 **스트리트댄스 성향의 마치 '댄스 배틀'을 보는 것처럼 격렬한 춤을 선보였다.

비트에 맞춰 근육을 팍팍 튕기는 팝핀은 물론이고 웨이브, 근육을 묶는 느낌으로 추는 락킹, 마치 싸우는 것 같은 크럼프, 게이들의 춤으로 알려져 있는 왁킹 등등 춤의 거의 기교를 선보이고 있었다.

그런데 놀라운 것은 이 춤의 기교들이 마치 잘 짜진 안무를 보는 것 같다는데 있었다. 예리나의 이런 댄스 실력은 물론 무극십팔기를 수련한 결과였지만 그걸 모르는 KM 관계자들은 혀를 내둘렀다.

"와아! 리나의 댄스 실력이 언제 저렇게 늘었지?"

"댄싱퀸이라는 교연이에 못지않겠는데……."

이처럼 정적인 무대가 될 것이라는 예상과는 달리 리나의 공연은 완전 다이내믹하고 파워풀한 무대 그 자체였다.

리나의 뒤를 이어 등장한 Dr. Seer. 역시 조용히 노래만 부르던 종래와는 달리 노래를 부르면서 완전 날아다녔다.

간주 중에는 세계적인 체조 선수들도 엄두를 낼 수 없는 공중 5회전은 물론이고 무협지에서나 가능할 법한 부공답보마저 선보였다.

이쯤 되면 Dr. Seer.와 리나의 춤과 퍼포먼스조차도 마이클잭슨이나 케이티페리, 레이디가가보다 훨씬 낫다고 해야지 싶었다.

게다가 노래에는 봉황음까지 곁들어졌으니 더 이상 말이 필요 없을 것이다.

이렇게 콘서트 'Magic Field'는 완전 성공이었다.

일본회의에서 의도적으로 전기를 끊어 버리는 초강수를 두었지만 그게 오히려 콘서트 'Magic Field'의 주가를 더 올려주는 결과를 낳았다.

비록 '달'이 포스터와 동영상을 만들면서 Charm마법을 인챈트했기 때문에 10배나 비싼 콘서트 티켓이 전부 매진되었지만 'Magic Field'를 본 청중들은 이구동성으로 돈이 아깝지 않았다는 반응이었다.

또한 앞으로도 이런 콘서트라면 지금보다 두세 배 정도 비싸더라도 기꺼이 보겠다는 말을 곁들이고 있었다.

콘서트 'Magic Field'는 일본 열도를 뜨겁게 달구었을 뿐만 아니라 당일에 전 세계를 뜨겁게 달구어 버렸다.

U튜브에 올라온 따끈따끈한 콘서트 'Magic Field'의 동영상은 조회수가 불과 몇 시간 만에 1억 회가 넘어갔고, 하락할 기미조차 없었다.

Dr. Seer.는 이제 완전 팝의 황제로 자리매김을 하고, 리나는 팝의 퀸으로 불리는 일만 남은 셈이었다.

*별유천지비인간(別有天地非人間)
시선(詩仙)으로 불리는 이백의 칠언절구인 산중문답(山中問答)의 결구(이 산중문답을 칠언고시로 분류하기도 한다).

이백의 산중문답은 도교가 유행하던 중국 진(晉)나라 때 도연명이 쓴 도화원기(桃花源記)에서 소재를 취했다고 한다. 따라서 도교의 영향을 받은 작자가 속세를 벗어나 자연 속에 묻혀서 한가로이 지내고 싶은 마음을 잘 드러낸 낭만주의적 경향의 시라는 평을 듣는다. 시는 다음과 같다.

問余何事 棲碧山(문여하사 서벽산), 笑而不答 心自閑(소이부답 심자한)

桃花流水 杳然去(도화유수 묘연거), 別有天地 非人間(별유천지 비인간)

어찌해서 깊고 깊은 산중에 사느냐는 물음에

빙그레 웃을 뿐 대답은 하지 않았지만 마음은 한가롭기 그지없네.

흐르는 물을 따라서 복숭아꽃이 아득히 흘러가니

여기가 바로 인간세상이 아니고 별천지가 아니겠는가.

**스트리트댄스

스트리트댄스는 70년대 이후 새롭게 등장한 미국에서 흑인, 히스패닉 기반의 펑크, 힙합 문화에 기반을 둔 춤을 통칭해서 일컫는 용어이다.

스트리트댄스의 어원은 전문적인 댄스 스튜디오가 아닌 길거리와 클럽 등에서 형성되었다는 점으로부터 비롯된 것으로 보인다. 스트리트댄스는 그 속성상 이른바 '막춤'을 비롯하여 모든 대중 문화적 춤을 포괄한다고 할 수 있다.

통상적으로 스트리트댄스는 비보잉, 팝핀, 락킹 등의 올드 스쿨 장르, 그리고 뉴스타일 힙합, 하우스, 크럼프, 왁킹과 같은 뉴 스쿨 장르들만을 가리킨다.

스트리트댄스에서 중시되는 것은 즉흥적인 프리스타일을 통해 그 음악적인 요소를 몸으로 표현해내는 것이다.

이러한 즉흥적인 요소가 가장 극대화된 형태가 바로 현대 스트리트댄스의 가장 큰 특징 중 하나가 바로 '댄스 배틀'이다.

이 '댄스 배틀'이야말로 스트리트댄스가 지니는 즉흥적인 요소와 맞물려 스트리트댄스 고유의 문화적 현상으로서 널리 인식되고 있다고 할 수 있다.

제5장
콘서트와 함께 축구를(1)

팝의 황제 Dr. Seer. 일본 열도를 뒤흔들다.

2013년 4월 10일 하오 7시에 일본 사이타마 스타디움 2002 열린 콘서트 'Magic Field'는 콘서트의 새로운 지평을 열었다.

비행선으로 무대를 만들고 그 무대 위에서 펼쳐진 콘서트는 K—Pop의 고갱이라 하기에 전혀 손색이 없었다.

다이내믹한 춤사위에도 불구하고 조금도 가빠하지 않은 열창에 청중들은 가수들과 하나가 되어 콘서트를 즐기는데 주저하지 않았다.

톱클래스 가수들의 콘서트 티켓 가격이 1만 엔 안팎인데 비해 콘서트 'Magic Field'의 VIP석은 무려 10만 엔이었다.

그런데도 6만 3천 7백 석의 좌석이 전부 매진했고, 추가로 1만 매의 티켓을 발매하기까지 했다.

대중가수의 콘서트가 너무 비싼 것이 아닌가 하는 우려가 제기되었지만 7만 3천 7백 명의 청중들은 하나같이 만족하며 이런 콘서트라면 두세 배의 가격을 지불하고서라도 기꺼이 관람하겠다고 했다.

……중략…….

이런 성공에 힘입어 세계 각국에서는 Dr. Seer.와 KM의 합동 공연을 자기 나라에서도 열어야 한다고 대대적으로 시위를 벌이고 있다.

M일보 주세혁 기자.

K—Pop 스타의 노래가 세계를 감동의 도가니로 몰아넣었다.

2011년부터 시작된 K—Pop의 열풍이 이제는 허리케인이 되어 전 세계를 강타하고 있다. 한국과 일본은 아직 청산되지 않은 구시대의 인과관계로 서로 껄끄러운 관계를 유지하고 있는 편이다.

그런데 Dr. Seer.를 위시한 한국 일단의 K—Pop 스타들이 적국의 심장부라 할 수 있는 도쿄 인근의 사이타마 스타디움 2002에서 콘서트를 열어 엄청난 성공을 거두었다.

기존의 10배에 달하는 티켓 가격에도 불구하고 근 16만의 일본인들이 티켓을 구입했으며 광신도에 가까운 환호를 보냈다.

그리고 콘서트가 끝이 나자 일부 청중들은 밤늦게까지 남아서 Dr. Seer.와 콘서트에 참가한 K―Pop 가수들의 이름을 거명하며 울부짖기까지 했다.

그만큼 감명이 깊은 무대였다는 증거가 아닐 수 없다. 이제 대세는 K―Pop이고 그 기세는 쉽게 꺾이지 않을 전망이다.

……중략…….

전쟁의 잿더미에서 불과 반세기만에 경제 발전에 세계인들에게 깊은 감명을 주었고, 이제는 문화 콘텐츠인 K―Pop으로 세계인들의 마음을 사로잡고 있는 코리언들의 약진이 부럽기만 하다.

르몽드지 페델만 기자.

Ptg3583……; 정말, 환상이었어. 공중부양으로 노래를 부르고 춤을 추는지 알았다니까? 그런데 조명까지 죽이는 것 같더라. 정말이지 이런 콘서트라면 100만 엔을 주고라도 꼭 보고 말 거야.

ZZZQC589……; 나는 과학도야. 그런데 K―Pop을

좀 좋아하지. 특히 모아와 뮤즈 걸즈에는 깜빡 넘어가.

참, 최근에는 리나라는 솔로 가수도 짱이더라구. ^^y

다들 눈치챘겠지만 나는 한국 남자라면 좀 적대감이 들거든. 그래서 욘사마니, 근석사마니 하는 것들을 경멸했었어.

우리는 대일본인들이 아닌가 말이야. 그런데 이번에 모아와 뮤즈 걸즈를 보러 갔다가 한국 남자들 중에도 내 마음을 후벼 파는 사람이 있더라.

맞아. Dr. Seer.야.

사설이 너무 길었군. 콘서트 'Magic Field'에서 뭘 보았는지 알아? 그건 분명 스타워즈에서나 봤음 직한 홀로그램이었어. 설마 한국 기술이 그렇게나 발전했었던 거야? 나는 더 이상 할 말이 없어.

asd7428…… ; 거의 같은 장소에 있는데도 본 것은 전혀 다르다면 믿을 수 있겠어? 도저히 믿기지 않은데 그게 사실인 모양이야.

친구 야마다 상은 모아의 극성 팬이어서 모아가 나오면 꼭 S석을 예약해. 나도 덩달아 가곤했는데 이번에는 너무나 비싸서 할 수 없이 C석에서 봤어.

콘서트가 끝나고 본 것에 대해서 얘기를 하는데 조금

다른 것 같아서 핸드폰으로 찍어온 동영상을 봤어. 그런데 이건 정말 분위기 자체가 완전 다른 거야. 그 감동의 쓰나미라니…….

그래서 다른 좌석에서도 그렇게 느꼈는가 싶어 A석과 B석에서 본 사람들의 동영상을 확인해 봤더니 분위기가 다 다른 거였어. 그런 의미에서 보면 이번 콘서트는 공평한 것 같아.

…….

"최 이사님, 인터넷 보셨어요? 지금 우리 콘서트 때문에 인터넷이 난리가 아니에요. U튜브에 올라온 콘서트 동영상을 보고 댓글을 달아놓은 것만 해도 10만 개가 넘는데요. 그게 말이 되요?"

"파니 양도 인터넷을 하나 보죠?"

"헤, 그것이…….""

"최 이사님, 우리 멍파니는 국어는 안 되지만 영어는 되거든요? 그래서 보통 영어로 인터넷을 한데요."

"야! 장난이 똥자루만한 땅꼬야, 너 주글래?"

"너 앞으로 땅꼬라 하지 않는다고 했잖아. 그리고 장난이가 뭐야 장난이. 난장이지. 이 능글파니야."

"아! 맞다. 그래. 난장이 똥자루만한 땅꼬야."

"이익!"

햇살이가 파니를 놀려 먹으려고 들지만 파니는 당하는 척하며 곱으로 갚아준다.

강권은 햇살이와 파니가 토닥거리는 것을 보며 절로 미소가 피어났다.

사실 강권과 뮤즈 걸즈와는 남다른 인연이 있다. 강권도 최근에 알게 된 사실이지만 강권과 뮤즈 걸즈의 식신 최수형이 전혀 남남이 아니었기 때문이다.

정확하게 말하면 강권의 할아버지는 최수형네 고조할아버지의 서자이다.

그러니 강권이 재당숙이고, 식신 최수형이 조카다.

그 당시만 해도 서출과는 말도 섞지 않으려는 사람들이 많았고, 이것은 가문을 따지기 좋아하는 사람들일수록 그 도가 강했다.

결국 강권의 할아버지가 고향을 떠나 완전 남남이 되어 버렸지만 그 핏줄이 어디 가겠는가?

그걸 알고 있는 강권이었기에 뮤즈 걸즈의 아이들을 눈여겨보고 있었다.

뮤즈 걸즈 멤버들이 다 아름답고 사랑스럽지만 강권에게 가장 애착이 가는 멤버는 식신 최수형과 파니였다.

최수형은 완전 남이 아니었기에 또한 가장 여렸기에 애착이 간다면 파니는 가장 강한 아이였기에 애착이 갔다.

그런데 가장 여린 최수형은 먹는 것으로 자신의 여린 것을 감추고 있었고 그에 반해 파니는 어눌한 말투와 눈웃음으로 자신의 강함을 감추고 있었다.

'이렇게 자존심이 강한 9명의 각기 다른 개성을 갖고 있는 아이들을 어떻게 하나로 묶을 생각을 했을까?'

강권이 느낀 뮤즈 걸즈의 9명의 소녀들은 다들 비슷한 또래에다 자존심들이 엄청 강한 아이들이었다. 거기에다 개성이 다들 제각각이어서 아무리 생각을 해도 도저히 뭉쳐지지 않을 조합이었다.

그런데 고수원은 그런 소녀들을 하나로 묶어서 대한민국, 아니, 세계 최고의 걸그룹을 만들어내지 않았는가?

강권이 느끼는 고수원 회장의 영악함은 그뿐만이 아니었다. 사실 KM 엔터테인먼트에서 고수원 회장이 직접 관여한 아이들은 모아와 뮤즈 걸즈, 사차원뿐이다.

그런데 그 세 그룹(모아는 솔로지만)의 아이들에 최적의 조합으로 바꾼 것이야말로 고수원 회장의 예리함이 빛나는 대목이었다.

먼저 우리나라 나이로 열여섯 살에 불과한 어린 모아

를 전혀 생소한 땅인 일본에서 데뷔를 시키겠다고 생각한 자체가 경이적이었다.

'도대체 어떻게 모아를 일본에서 데뷔를 시킬 생각을 한 거지?'

그런데 역학(易學)으로 풀어 보면 아무리 생각을 해도 절로 감탄이 나온다.

강권이 보기에 모아는 불의 속성을 갖고 있었다. 일본은 을목(乙木)에 해당하니 목생화(木生火)의 이치로 모아에게는 최적의 장소였다.

반면에 우리나라는 무토(戊土)니 화생토(火生土)로 모아의 기운이 빠져나가는 장소라고 보아야 한다. 모아의 노력과 재질을 따져 보면 한국에서도 뜨긴 뜨겠지만 일본에서처럼은 아닐 것이다.

'설마 그걸 염두에 두고 그런 결정을 한 것은 아니겠지?'

그걸 염두에 두었다면 고수원은 역리학에 엄청 조예가 깊거나 아니면 천부적인 감을 갖고 있을 것이다.

강권이 내심 이런 상념에 잠겨 있을 때 식신 수형이 막 일어난 듯 퉁퉁 부은 눈으로 나타나더니 강권을 보자 반색을 하며 코맹맹이 소리를 섞어가면서 애교를 부렸다.

그런데 그 애교가 주부애(주먹을 부르는 애교)라는 게

좀 문제이긴 했다.

"최 이따님, 꼬기여. 뚜형이는 꼬기 고파요옹."

햇살이가 퍼트린 주부애에 식신 수형이 심각하게 중독이 된 듯싶다.

'허걱! 이 식신 수형아! 나는 고기 셔틀이 아니란다.'

강권은 내심 이렇게 중얼거리면서도 행동은 그게 아니었다.

"오! 그래. 우리 수형이는 무슨 고기를 먹고 싶지?"

"땀치여, 땀치, 이따니임, 뚜형이는 땀치가 먹고 자파요옹."

하루 걸러서 먹는 참치가 물리지도 않는지 식신 수형은 계속 참치 타령이었다.

수형이 뿐만 아니라 뮤즈 걸즈 멤버들 대부분이 준(準)식신이었다.

남의 살이라면 꽃등심이든 삼겹살이든 회든 전혀 가리지 않는다.

"그럼 오늘도 참치회로 할까?"

"예. 파니도 좋아요. 이사님."

"햇살이는 참치회가 싫어?"

햇살이가 파니에 당한 것에 아직도 씩씩거리는 것을 보고 강권이 슬쩍 물었다.

참치회를 마다할 햇살이가 아니었다. 언제 씩씩거렸나는 듯 햇살이가 간드러지게 대답을 했다. 마치 찬스를 기다렸다는 듯 원조 주부애를 작렬해 주시는 햇살이 되시겠다.

"아이! 차암, 이사님도, 누가 참치회가 싫대염? 햇살이도 참치회를 무지무지 좋아한단 말이예염."

이것으로 결국 백룡의 오늘 아침은 참치회로 낙찰이 되었다.

'오늘은 얼마나 먹을는지?'

백룡에 승선한 KM소속 연예인들이 특히 여자 가수들일수록 얼마나 먹어대는지 참치 한 마리를 잡아야 겨우 한 끼를 해결할 수 있다. 인원이 근 200여 명이나 된다고는 하지만 회를 못 먹는 사람들을 제외하면 무시하지 못할 양을 먹는 셈이었다.

물론 참치를 잡자마자 곧장 아공간에 보관하기 때문에 시중에서 파는 참치의 맛과는 비교할 수 없이 맛있다는 것도 한 이유가 될 것이다.

참치로 아점을 해결하고 커피를 한 잔 하고 있으려니 전화기가 울렸다.

걸려온 전화는 전혀 뜻밖에도 국무총리인 이경복이었다.

'이 사람이 무슨 일로 아침부터 전화를 했지?'

정확히 말하자면 11시가 다 되어가니 아침이라 할 것
도 없었지만 말이다.

이경복 국무총리는 대뜸 축하 인사부터 했다.

—회장님, 일본에서 한 콘서트 때문에 난리가 아니더
군요. 정말이지 경하드릴 일입니다.

"고맙습니다. 그런데 총리께서 어쩐 일로 전화를 다
주셨습니까? 콘서트 때문만은 아닐 텐데 혹시 다른 나라
와 마찰이라도 있는 것 아닙니까?"

—아닙니다. 회장님, 어느 나라가 감히 우리나라와 외
교적 마찰을 일으키려고 하겠습니까? 전 정말 국익을 선
양하시는데 힘을 써주시는 회장님의 노고에 사의를 표하
고자 드린 전화입니다. 그런데…….

"하하, 아무 괘념하지 말고 말씀해 보시라니까요?"

이경복 국무총리가 전화를 한 것은 강권의 예상대로
다른 나라들 때문이었다.

일전에 이경복 국무총리에게 누리 축구단과 다른 나라
축구 국가 대표와의 경기를 주선해 보라고 부탁했던 적이
있었다. 그런데 코웃음을 치다가 이번에 콘서트를 보고
장난이 아니라고 느꼈는지 몇몇 나라에서 조건부로 승인
한 모양이었다.

터키와 그리스가 자기 나라에서 Dr. Seer.의 콘서트를 하면 기꺼이 자국 축구 국가 대표와 누리 축구단과의 친선 경기를 벌이겠다는 것이 그것이었다.

U튜브에 콘서트 'Magic Field'를 올렸는데 그걸 보고 경제 사정이 좋지 않은 터키와 그리스가 콘서트를 유치해서 관광객을 끌어들이려는 모양이었다.

"하하, 그 사람들 꽤나 머리를 썼는데요? 그런데 어떤 방식으로 티켓을 팔겠다는 겁니까?"

─자국에는 거의 판매하지 않고 프랑스와 독일 등 잘 사는 나라의 엔터테인먼트사에 티켓 판매를 맡기려는 것 같습니다.

"그러니까 와서 돈을 써라 이건가요?"

─예. 회장님, 궁즉통(窮卽通)이라고 너무 어렵다 보니 그렇게라도 돈을 벌어들이려는 것 같습니다.

생각해 보면 웃긴 일이었다. 관광객을 유치한다고 해서 얼마나 올 것인가? 또 설혹 온다고 해도 주머니를 얼마나 풀 것인가? 완전 언 발에 오줌 누기가 아니겠는가?

하지만 강권은 그 정신은 나름 가상하다는 생각이 들었다.

"그렇게라도 하겠다면 그렇게 한다고 하세요. 그래 준다면 터키와 그리스에서 콘서트를 각각 세 차례 한다고 하세요. 그리고 가능하면 가장 많이 이동하는 곳으로 정하라고 하세요. 아무래도 그래야 더 많은 돈을 쓸 것 아니겠습니까?"

─회장님, 이거 죄송합니다. 괜히 바쁘신 회장님의 일정에 차질이 빚어지는 것이 아닌지 모르겠습니다.

"하하, 그건 걱정하지 마세요. 어차피 내가 콘서트를 여는 것이 이웃을 돕는 게 목적 아니겠습니까? 그것보다도 관광객 유치와 같은 궁여지책보다는 70년대 우리나라가 벌였던 새마을 운동처럼 대대적으로 잘살기 운동을 벌여 궁극적인 해법을 찾도록 권유해 보세요. 내가 가능하면 도와주도록 노력해 볼게요."

─정말 그렇게까지 하시려구요?

"못할 것은 없지요. 어차피 더불어 살아가야 하는 것 아니겠습니까? 하지만 가난은 나라님도 구제할 수 없다는 우리나라 속담처럼 스스로가 가난을 벗어나려고 노력해야 하는 게 우선이라는 것을 주지시켜 주시고요."

─하하하, 알겠습니다. 회장님 덕분에 일하는 것이 너무나 즐겁습니다. 오래 살지는 않았지만 우리나라에도 이런 날이 오는군요. 회장님 그럼 경과를 보고해 드리겠습니다. 하하하하!

이경복 국무총리는 파안대소를 하며 전화를 끊었다.

"이거야 이러면 일정 변경이 불가피하겠군 그래. 그럼 누리 축구단 애들을 태우고 다녀야 하나?"

누리 축구단 선수들을 태우고 다니는 것은 그리 어려운 일은 아니었다.

백룡의 최적 정원이 500명이 내외인데 겨우 200여 명 정도만 승선한 상태다.

그러니까 선수들과 그들을 도와주는 스텝들을 합해 기껏해야 60여 명인 선수단을 태우는 정도야 한참 여유가 있었다.

체력 훈련이야 백룡에 체력 단련실이 완비되어 있는 상태고 기술 훈련은 3D 시뮬레이션으로 대체해도 큰 상관이 없었다. 아니, 어쩌면 3D 시뮬레이션 훈련을 하는 게 누리 축구단 선수들의 기술 향상에 더 도움이 될 수도 있을 것이다.

'해'가 만들어 놓은 3D 시뮬레이션은 강권이 생각해도 기가 막힐 정도였다.

펠레가 개발했다는 사포니, 지단의 마르세유 턴은 물론이고 크루이프 턴, 무회전 킥, 드롭킥 등의 축구의 모든 기술을 완벽하게 재현해 놓았다.

그뿐만이 아니라 3D 시뮬레이션으로 잘못된 점을 지

적해 그 과정만 따라하면 쉽게 숙지할 수 있게 했다.

물론 누리 축구단 선수들이 무적18세를 익혔기 때문에 가능한 일이겠지만 말이다.

백룡의 또 하나의 장점은 고산지대와 똑같은 환경을 만드는 게 엄청 용이하다는 것이었다.

높은 곳에 올라가서 누리 축구단 선수들이 훈련하는 곳에만 기압 보정을 하지 않으면 되기 때문이었다.

쇠뿔도 단김에 빼랬다고 강권은 생각난 김에 정윤술 훈련원장에게 전화를 했다.

"정 원장, 그동안 잘 지냈소?"

―아! 예. 어르신, 어르신께서 염려해 주신 덕분에 잘 지냈습니다. 그리고 6월 중순에 벌어질 '온누리배 국제 축구대회'를 대비한 아이들의 훈련도 조금도 차질 없이 진행되고 있습니다.

"하하, 그러시오? 그런데 어쩌지요? 내가 차질을 빚게 만들어야겠는데?"

―예에? 어르신께서 하시는 일이야 항상 옳지 않습니까? 저는 조금도 걱정하지 않습니다. 그런데 차질을 빚게 만들겠다고 하심은?

"하하, 다름이 아니라 내가 누리 축구단 애들을 데리고 다녀야 하겠소."

―하하하, 그거야 애들이 환장하는 일 아닙니까? 그렇지 않아도 U튜브에 올라 있는 어르신의 콘서트 동영상을 보고는 애들이 자기네도 보고 싶다고 난리가 아니어서 훈련 성과에 따라서 보여주겠다고 약속을 했더랬습니다. 어르신 저도 어떻게 안 될까요?

"좋소. 참, 정 원장에게 노모가 계시다고 했지요? 노모님도 모시고 오도록 하시오. 이번 기회에 여기저기 구경도 시켜드리는 것이 어떻겠소?"

하지만 정윤술 원장은 대답을 머뭇거렸다. 그 이유인즉 노모의 건강이 좋지 못해서 여행, 특히 비행을 할 수 없다는 것이었다.

"하하하, 그것이라면 아무 걱정하지 마시오. 정윤술 원장, 그대는 그대에게 배정된 '보라매'를 타봤소, 타보지 않았소?"

그제야 '보라매' 역시 일단 승선을 하면 지상에서 있을 때보다 훨씬 더 편했던 것이 생각난 듯 정윤술은 자책을 했다.

"정 원장, 내가 그대를 부리면서도 그간 너무 무심했었던 것 같소. 이번 기회를 빌려 노모의 건강을 한 번 살펴보도록 하겠소."

―감사합니다. 정말 감사합니다. 어르신.

정윤술의 모친인 금옥자 여사는 젊었을 때 혼자되어 삼형제의 뒷바라지를 하느라고 젊음을 바쳤던 전형적인 한국의 어머니상이었다.

정윤술이 강권을 만나기 전에는 뒷골목에서 건달 생활을 하느라고 어머니가 자신을 위해서 어떻게 했다는 것을 전혀 생각지 못했다가 때늦게 후회를 하고 있는 중이었다.

그렇기에 그런 노모를 챙겨주는 강권에게 더 고마워하는 것이다.

4월 11일 저녁 7시.

요코하마에 있는 닛산 스타디움에는 Dr. Seer.의 콘서트를 녹화하려고 수많은 기자들이 운집했다.

어제 콘서트는 정전인 관계로 기자들 대부분이 중도에 돌아가는 사태가 벌어졌다. 남아 있는 기자라고는 한국의 M일보의 주세혁 기자와 르몽드지의 페델만 기자 등 몇뿐이었다.

그들만이 실제로 현장에서 보고 생생하게 콘서트 실황까지 곁들어가며 대박 기사를 썼다. 그에 자극을 받아서인지 기자들 대부분이 무슨 일이 있어도 오늘은 끝까지 취재하려는 모양이었다.

돌아간 기자들은 일본회의에서 정전에 대한 소스를 받아서 딴에 머리를 쓰느라 돌아갔다지만 그게 중도에서 돌아간 충분한 이유가 되지는 못했다. 사실 그 상황에서 Dr. Seer.가 그런 엄청난 기술을 선보이며 콘서트를 강행할 줄 누가 알았겠는가.

[오늘은 스타디움이 환하네.]

[하하하, 가와무라 상, 당연한 것 아니겠어? 콘서트를 열지 못하게 교묘하게 정전을 유도했는데 도리어 그것이 전화위복이 되어 Dr. Seer.의 주가만 올려주었는걸.]

[맞아. 다니구찌 상, 그래서 그런지 일본회의에서도 완전 초상집 분위기더라. 어제 괜히 그 사람들 말 들었다가 부장님에게 된통 깨진 것을 생각하면 아직도 이가 갈려. 으이그.]

[하하하, 우리 아사히는 일본회의와 친해서 그런지 아예 가지도 못하게 해서 그런 꼴을 당하지는 않았어. 그렇지만 아쉬웠는지 오늘은 꼭 보고 오라던데. 아무튼 기대가 되기는 해. 인터넷 댓글을 보니까 장난이 아니더라고.]

[어떻게 예전 마이클 잭슨이 투어를 할 때보다 열기가 더한 것 같아.]

[맞아. 내가 소학교에 다닐 때였는데 장난이 아니었어. 그런데 그런 마이클 잭슨의 공연에 절대 못하지 않은 것 같아. 왠지 안 보면 후회할 것 같다는 생각이 꽉꽉 들었다니까? 회식이 있다고 어디 가치 말라는 말만 듣지 않았다면 사이타마로 갔을 거야.]

1987년 마이클 잭슨의 일본 Bad Tour는 여러 가지 기록을 갖고 있었다.

우선 첫 공연 일본에서 9회 분 공연 티켓 25만 장이 예매 한 시간 만에 매진해서 5회 공연 추가했지만 그 역시 매진이 되었다. 이때 판매한 앨범이 총 45만 장 판매였다.

그 후 88년 두 번째 일본 공연에서도 40만 5천 장으로 매진되었다.

마이클 잭슨의 배드 투어는 일본에서만 총 85만 5천 명을 동원했는데 이것은 이전 일본 기록의 4배에 달한다고 한다.

그 인기를 반영이라도 한 듯 암표 가격 또한 일본 최고의 기록을 경신했다. 그런데 Dr. Seer의 일본 투어는 질적인 면에서 마이클 잭슨의 일본 투어를 압도하고 있었다.

콘서트 티켓 가격이 시세보다 몇 배나 비싼데도 불과 30분 만에 매진되었다는 것도 그렇고 추가 공연 티켓 또한 최소 다섯 배 비싼 가격임에도 2만 매가 30분 만에 매진이 되었다.

그것은 추가 공연이 계속되어도 계속 팔릴 수 있다는 것을 시사해 주는 대목이었다.

콘서트는 가와무라와 다니구찌의 기대에 전혀 어긋나지 않은 것이었다.

어제와는 다르게 오늘은 Dr. Seer.의 기타 연주로 시작을 했는데 몽환적인 조명에 경쾌한 기타의 선율은 판타스틱 그 자체였다.

완전 청중들의 얼을 빼놓고 시작하는 콘서트라서 그런지 남자 그룹의 박진감 넘치는 동작과 걸 그룹의 섹시한 안무는 열광적인 환호를 받았다. 거기에 이어지는 봉황음에 바탕을 둔 Dr. Seer.과 리나의 노래.

강권이 월드 투어를 하면서 계획한 것은 세계인의 마음에 대한민국에 대한 동경심의 씨앗을 심어두자는 것이었다.

연어가 자기가 나고 자란 샛강으로 돌아가는 것과 같은 거역할 수 없는 애착과도 같은 것이었다.

그렇다고 최면처럼 강력하게 작용하는 것은 아니었다. 그 애착은 마음에 집적되고 쌓이면서 자기도 알게 모르게 대한민국에 대한 우호의 마음을 갖게 만드는 것이었다. 그 애착은 왠지 모르게 적대하면 안 될 것 같은 그런 금기(禁忌) 같은 것이었다.

강권의 그러한 계획은 일본 투어에 있어서는 성공적이었다.

이틀간의 일본 투어가 끝나고 다음 일정에 따라서 움직여야 한다.

다음 콘서트 장소는 중국 뻬이징 국가 체육장 일명 냐오차오(鳥巢)다.

백룡은 중국에 다이렉트로 가는 대신에 누리 축구단 선수들을 픽업하러 한국에 들러야 했다.

다음 콘서트는 하루 쉬고 토요일과 일요일이니 한국에서 하루 쉬는 것도 그다지 나쁘지 않겠다는 의도도 깔려 있었다.

"다음 콘서트는 중국이다. 중국도 일본과 마찬가지로 이틀만 공연한다. 그래서 한국에서 하루 쉬기로 했다. 다녀올 곳이 있는 사람은 토요일 정오까지만 KM 사옥으로 집결하면 된다. 이상이다."

"삼촌, 어디 갈 데 없는 사람은 백룡에 그냥 있어도 되지요?"

"왜? 수형이는 집도 가까운데 가지 않으려고?"

"히히, 집에 가면 맛있는 참치를 못 먹잖아요. 또 이상하게 꽃등심도 백룡에서 먹은 게 더 맛있어요. 헤, 나만 그런가?"

역시 식신다운 대답이었다.

그런데 참치회와 꽃등심을 먹어본 사람들은 다 그 점에서 의견이 일치했다. 그리고 수형의 말 때문인지 뚜렷하게 갈 곳이 없는 사람들은 백룡에 그냥 남아 있겠다고 했다.

수형이 때문에 외출하려 했던 사람들 태반이 백룡에 그냥 남는 것을 선택한 것이다.

그렇게 해서 고수원 회장을 포함해서 딱 8명만이 외출하는 것으로 결정되었다.

'수형아! 너 뭔 짓을 한 거니? 너 때문에 최소한 참치가 두 마리에 꽃등심 200kg는 더 써야 한다는 걸 모르는 거니?'

강권의 이런 생각은 생각만으로 그치지 않았다. 실제로 60여 명의 투어 참가자들은 이미 세계적인 스타들이 되었는데도 헐벗고 굶주린 연습생들처럼 엄청 먹어댔다.

그들이 그렇게 먹어대는 것은 아이러니하게도 백룡의 첨단 시설이 나름 작용했다.

누구의 도움 없이 자기 춤과 노래를 체크할 수 있었기 때문인지 연습생 때처럼 거의 쉬지 않고 엄청 연습했다. 어제 일본 투어를 마쳤으니 좀 쉴 법도 한데 연습실에서 그렇게 몸을 쓰니 자연히 많이 먹을 수밖에 없을 것이다.

역시 성공하는 사람들은 나름 성공하는 이유가 있는 모양이었다.

한참 연습을 하던 수형이 배가 고팠는지 '땀치'를 외치면서 한 마리의 참치가 또 해체되고 있는데 사차원의 멤버인 수진이 머뭇거리다가 말했다.

수진은 강권을 매우 어려워하는지 오빠에 님자를 붙이기까지 했다. 그런데 그 모습이 너무나 우스우면서도 사랑스러워 보는 이로 하여금 절로 웃음을 자아내게 만들었다.

"저, 이사 오빠님, 이런 부탁드려도 돼요?"

"수진아, 무슨 부탁인지 말해보렴."

"저기 있잖아요? 참치요, 요기 아래 애들에게도 좀 갖다주면 안 돼요?"

수진이 말에 게걸스럽게 참치를 먹어대던 속도가 대번에 줄어들었다. 비로소 연습생 아이들이 생각난 까닭이었다.

사실 투어 참가자들 역시 전부 연습생 시절을 거쳤기 때문에 연습생들의 고초를 알고 있다. 먹어도, 먹어도 배고프고 자도, 자도 졸린 게 연습생이란 딱지다. 그 연습생 시절을 어떻게 잊을 수 있겠는가?

강권은 그들의 미안해하는 얼굴들을 보면서 이미 스타 반열에 있는 투어 참가자들도 아직 순수함이 사라지지는 않았다는 것을 알 수 있었다.

"하하, 수진아, 아래 애들이라면 연습생들 말이냐?"

"예에."

"알았다. 애들에게도 참치를 가져다줄 테니 마음껏 먹으렴."

"이사 오빠님, 고맙습니다."

결국 강권은 마저 회를 뜬 다음 노량진 수산시장에서 회 가게를 했던 성기만을 호출해야 했다. 물론 자신이 할 수도 있겠지만 이미 스타인 투어 참가자들과는 달리 연습생들에게 이사인 자기가 회 뜨는 모습을 보여주는 것은 득보다는 실이 많았기 때문이다.

강권의 호출을 받은 성기만이 부리나케 왔다. 그런데 성기만 혼자서 온 것이 아니라 정윤술 원장과 누리 축구 선수단까지 함께 왔다.

강권은 성기만에게 참치 한 마리를 주어 회를 뜨게 하고는 정윤술 원장과 누리축구단 선수들은 곧장 백롱으로 오르게 했다.

누리 축구단 선수들은 이미 '근두운'을 탄 적이 있어서 그런지 그다지 놀라워하는 기색이 없었다.

하지만 내일이면 달라질 것이다. 3D 시뮬레이션으로 기술 훈련을 한다는 것은 전혀 생각지 못했을 것이기 때문이다.

강권은 누리축구단 선수들에게 숙소를 배정하고 정윤술의 모친인 금옥자 여사의 건강을 체크했다.

금옥자 여사는 전반적으로 건강이 좋지 못했다. 신장병을 앓고 있다는 금옥자 여사의 겉모습은 나이에 비해서 엄청 늙어 보였다. 강권은 금옥자 여사의 신장 기능이 최악이라는 것만 느꼈을 뿐 구체적으로 진단을 내릴 수는 없었다.

'이분이 52년생이니까 이제 겨우 60살이 넘었을 뿐인데 이처럼 건강이 형편없다니…….'

우리나라 여성들의 기대 수명이 80세를 훌쩍 넘었으니 그에 따르면 금옥자 여사는 아직도 20여 년은 충분히 더 살 수 있다. 그런데 지금 상태로는 잘해야 1~2년 정도 더 살 수 있을까 하는 정도였다.

게다가 전반적인 면역 체계가 기능이 부진한 상태여서 큐어 마법을 써서 신장을 치료한다고 해도 미봉책에 그칠 것 같았다.

생명력이 부족하다면 마법의 효능은 일시적이고 제한적으로 작용할 뿐이다.

아니, 마법은 오히려 생명력을 깎아 먹을 수도 있을 것이다. 그렇게 된다면 굵지만 짧게 살 가능성이 컸다. 말하자면 1~2년 건강하게 살다 죽는다는 말이었다.

'큐어 마법으로는 궁극적인 효과를 기대하기 어려워. 무슨 좋은 수가 없을까?'

한참을 궁리하던 강권은 23C의 의료 과학에 기대는 수밖에 없다는 결론을 내렸다.

'가만 있어 보자. 뭔가 그럴듯한 게 있을 것 같은데…… 그렇지. '하나로 캡슐'을 만들어야겠군.'

'하나로 캡슐'은 인체의 밸런스를 최적의 상태로 만들어주는 인큐베이터와 같은 장치다.

'하나로 캡슐'이 만들어지게 된 배경에는 중국의 부호 리카오슝의 전폭적인 지원이 한몫 단단히 했다.

리카오슝은 수백 억 달러를 가지고 써보지도 못하고 죽는 것이 원통해서 불노불사를 위해서 무려 200억 달러를 출연해서 장수연구소를 만들었다.

리더

우리나라 돈으로 거의 23조를 들여서 만든 장수연구소는 인간의 수명 연장에 상당히 많은 공헌을 했다.

그런데 아이러니한 것은 장수연구소의 최대 결과물이 우리나라에서 나왔다는 것이다.

인체의 밸런스를 유지할 수 있다면 기대 수명의 2~3배는 더 살 수 있을 것이라는 장수연구소의 논문에 착안해서 만들어진 것이 바로 '하나로 캡슐'이었던 것이다.

'하나로 캡슐'이 만들어진 것은 의외로 간단한 원리에 의해서였다.

간단히 설명하면 다음과 같다.

생명체의 모든 세포들은 통일성을 유지하기 위해서 동일한 생체 파장에 반응한다.

파장이 다른 세포들은 생명체의 면역 세포에 의해서 또는 백혈구에 의해서 공격당하게 된다. 이것이 정상적인 생명체의 통일성을 유지하기 위한 작용이다.

그런데 살아가면서 외부의 자극에 의해 그 반응이 순조롭지 못하게 될 수 있다.

이를테면 정상적인 세포가 적절하지 못한 자극에 노출되어 암세포로 되거나 아니면 면역 체계가 제대로 된 기능을 하지 못해서 병이 나게 된다. 이때 동일한 생체 파장에 반응할 수 있도록 바꾸어 준다면 어떠한 병도 고쳐

지게 된다는 논리였다.

그렇게 해서 만들어진 것이 바로 '하나로 캡슐' 이었다.

이 '하나로 캡슐' 의 유용한 점은 생명체를 최적의 상태로 만들어서 통일성을 담보한다는 데 있었다. 통일성을 담보한다는 것은 달리 말하면 생명력을 극대화시킨다는 것이다.

쇠뿔도 단김에 빼랬다고 강권은 '해' 와 '달' 을 동원해서 '하나로 캡슐' 을 설계하게 했다. 그렇게 만들어진 '하나로 캡슐' 은 의학 강국으로서의 대한민국의 초석을 다졌을 뿐만 아니라 스포츠 강국으로 거듭나게 만들었다.

제6장
새 시대의 전조(前兆)

지금 한반도는 *분열(分裂)의 장(場)이었다.

남과 북이 갈라져서 남쪽은 대한민국이, 북쪽은 북조선 인민공화국이 들어서 있다.

그런데 통탄할 일은 정권을 잡으려고 대한민국을 또다시 동서로 갈라놓았다는 것이다.

총칼로 쿠데타를 일으켜 정권을 잡고 그 정권마저 제대로 유지하기가 힘들게 되자 급기야 영호남을 갈라서 정권을 유지하는 도구로 삼았다.

더욱 통탄할 일은 총칼을 앞세워 정권을 훔친 자들이 경제 개발의 미명하(美名下)에 가진 자와 못 가진 자로 또 나누었다는 데 있었다.

정당한 노력의 대가로 이루어진 결과라면 누구나 다 승복하겠지만 실상은 그러지 못하다는 것이 문제였다.

정권을 가진 자가 정보를 움켜쥐고, 거기에 자기를 추종하는 자들 입맛대로 나누어 먹기 식으로 부(富)를 재분배했다.

정권에 아부하면 부자로 남고 그렇지 않으면 부를 빼앗겼다.

국가의 기본법인 헌법 규정을 법률보다 하위에 있는 명령으로 정지시킬 정도로 무도하게 나라를 다스리니 법이 죽고 상식이 사라졌다.

법과 상식이 사라진 그곳을 차지한 것들은 아부와 뇌물이었다. 위정자들의 잘못을 지적하면 무조건 공산당으로 몰면 된다.

마음에 들지 않으면 무조건 공산당으로 몰아 잡아가면 법원(法院)은 알아서 유죄로 판결했다. 대통령은 중세 봉건시대의 왕보다도 더 큰 권위를 갖고 있는 셈이었다.

결론적으로 이러한 분열의 장은 극에 이르러 혈연과 학연, 지연에 의해 끼리끼리 뭉치게 되었다. 수많은 인재들이 고귀한 피와 땀을 뿌려서 말도 안 되는 폭거(暴擧)들은 다소 없앴지만 아직도 그 후유증은 남아 있었다.

그 후유증을 완전히 치료하는 날에 비로소 대한민국은

세계의 중심국이 될 것이고 그날은 이제 머지않았다.

강권은 이런저런 생각을 하면서 중국 영공에 들어서다
가 문득 떠오르는 생각이 있었다.

'물극필반(物極必反)이라는 게 역시 천고의 진리인 셈
인가?'

물극필반이라는 말은 사물의 전개가 극에 달하면 반전
한다는 의미다.

말 그대로 한반도의 분열은 이제 극에 달했기 때문에
다시 통합의 시대가 온다는 의미였다. 또 그와는 반대로
중국은 이제 소수민족들이 약진을 거듭해서 수많은 나라
들로 쪼개질 것이다.

그 시발은 아마도 고조선과 그 이전 한인(桓因), 한웅
(桓雄) 시대의 사고(史庫)들이 발견되면서부터일 것이다.
아니, 고구려의 사서인 유기(留記)만 발견된다고 해도 중
국은 뒤집어질 것이다.

만주와 한반도에 국한되었다는 배달민족이 세운 나라
들이 북으로는 바이칼 호수 일대까지, 남으로는 양자강
일대까지 지배했다는 것이 밝혀지면서 중국의 국기가 흔
들리기 때문에 분열할 수밖에 없을 것이기 때문이다.

물론 부자는 망해도 삼 년은 간다고, 중국이 완전 분열
을 하기까지는 20~30년의 세월이 필요할 것이다. 한반

도의 통합 역시 그 정도의 시간이 필요할 것이다.

관건은 역시 강권이 전생의 기억이 있는 고조선의 사고(史庫)들을 찾는 것이었다.

고조선에 문자가 어디 있어서 사서가 있겠느냐고 생각할지 모른다.

그런데 고조선에는 특유의 문자가 있었고 심지어 후한의 채륜이 최초로 발명했다는 종이보다 훨씬 질이 좋은 종이도 생산하고 있었다면 이해가 갈 것이다.

지금 시점에서 가장 큰 문제는 고조선의 사고(정확히 말하면 환인 시대부터 지어진 사고다.)들이 있는 곳이 사람들이 접근하기 힘든 곳이라는 데 있다.

강권의 기억으로는 지금의 바이칼 호수 속에 있는 수저 동굴, 곤륜산맥의 깊은 산중의 동굴, 태산의 모처, 그리고 강권도 알지 못하는 곳 두 군데였다.

풍백, 우사라든지 아공간이나 인피니트 백과 같은 기능을 가진 화수분이 고조선에 실재(實在)했다면 왜 그런 곳에 사고를 지었는지도 이해가 될 것이다.

또 하나 언급해야 할 것은 배달민족은 천손(天孫)의 자손으로 미래를 읽는 능력이 탁월하다는 것이다.

천손의 후손으로 두드러진 외부적인 특징은 몽고반점이라 할 수 있고, 해부학적인 특징으로는 숨골 부분에 삼각형 모양의 뼈가 하나 더 있고, 눈 밑에는 새끼손가락 손톱 반 정도의 구멍을 갖고 있다는 것이다.

특히 해부학적인 특징들은 우리 민족이 기(氣)와 친한 특별한 조건이기도 한다.

아무튼 그 때문에 고조선의 사서들은 여전히 남아 있었을지 모를 일이었다.

그렇다고 사람의 능력으로 접근할 가능성이 있는 곳이 전혀 없는 것이 아니었다.

그곳은 강권의 기억으로는 지금의 태산 근처라고만 생각되어지는 곳이었다.

'내가 하면 좋겠지만 그럴 수 없고 또 사고들이 발견되는 것도 아직은 시기상조인 것 같으니…… 누구를 시켜서 찾아보게 해야 하나?'

적지나 다름없는 중국 땅에서 사고들을 찾는 일은 엄청 힘든 일이다.

게다가 중국 정부는 도굴에 대해서 지나칠 정도로 엄격해서 잡히면 무조건 사형을 시킨다. 따라서 사고들을 찾으려는 사람은 자신을 지킬 수 있는 무력을 지닌 외에도 투철한 사명감을 가져야 한다. 강권의 뇌리에 일감으로 떠오르는 사람은 송시후였다.

송시후는 천살성의 기운을 갖고 태어났기 때문에 누구

에게도 꿀리지 않을 정도의 무력을 지녔다. 또한 학식도 어느 정도 갖추고 있고 사람이 가볍지 않아 사고를 찾는 데 최적의 인물이라고 할 수 있었다.

거기에 강권에 대한 충성심도 남달라서 강권이 시키는 일이라면 죽을 각오로 최선을 다할 것이다.

강권의 연락을 받은 송시후는 즉시 '보라매'를 타고 날아왔다.

'보라매'는 워낙 빠른데다 스텔스 기능까지 있으니 중국에 들킬 염려는 없었다.

강권의 설명에 송시후는 고개를 갸웃거렸다.

"어르신, 그럼 하늘에서 찾는 게 더 쉽지 않겠습니까?"

"하하, 하늘에서 보고 찾을 수 있었다면 이미 인공위성으로 찾았겠지. 그런데 그곳은 일종의 진법으로 자취를 감추고 있으니 몸으로 느껴야 찾을 수 있을 게야."

"하긴 그렇겠군요. 그럼 어떻게 하면 좋겠습니까?"

"어떻게 하긴 어떻게 해? 자네가 직접 찾아보도록 하게. 위험한 고비를 몇 번 넘기면 자네도 느끼는 게 있을 거야. 또한 그것은 자네가 진정한 무인으로서 거듭나게 계기도 될 게야."

"예. 알겠습니다. 어르신."

강권의 지시를 받은 송시후는 다시 한국으로 돌아갔다.

이제 송시후는 정식으로 입국 비자를 받고 중국으로 다시 들어와 서고들을 찾을 것이다.

❖　　❖　　❖

"주석, Dr. Seer.가 아무리 세계적인 스타라고는 하지만 입국 비자도 받지 않고 우리나라를 드나드는 것은 우리 중국을 너무 무시한 처사가 아닙니까?"

"스윈성 해군총사령관. 그들이 우리에게 요청한 것은 입국이 아니라 영공 통과였소. 한마디로 말해서 우리 영공에만 있겠다는 것이지 착륙하겠다는 것이 아니었소. 또한 우리에게 비행선의 루트를 허가받고 게다가 지정된 상공에서 정지비행을 하겠다고 해서 별다른 문제가 없겠다는 판단하에서 허가를 한 것이오."

항모전단을 잃어버린 스윈성 해군총사령관의 항의에 중국 국가 주석인 첸치후이는 조곤조곤 답을 해주었다.

사실 이런 경우는 중국 외교 관례상 처음 있는 일이어서 첸치후이로서도 고심 끝에 내린 결정이었다.

스윈성과 함께 첸치후이를 찾은 우극리 중국 인민군 총참모장과 류화칭 제2포병사령관은 첸치후이의 답에 선뜻 반박을 하지 못했다. 이에 배석한 양체쯔 외교부 장관이 해명을 덧붙였다.

"이미 일본에서 허가를 했고 또 아무런 문제가 발생하지 않았는데 우리 중국이 허가를 해주지 않는다면 그 또한 모양새가 좋지 못하다는 것이 우리 외교부의 중론이었습니다. 이 점을 생각해 주셨으면 합니다."

양체쯔 외교부장의 말에 세 명의 군 수장들은 한동안 아무런 대꾸도 하지 않고 침묵했다.

군 수뇌부들이 약속이라도 한 듯 입을 봉하자 실내에는 묘한 정적이 흘렀다.

그 어색한 정적을 깨뜨린 사람은 스원성 해군총사령관이었다.

"주석 각하, 수천의 우리 젊은이들이 동해의 고혼이 된 게 1년도 지나지 않았는데 저자는 태연하게 우리나라에 와서 노래를 부르고 있으니 어떻게 그 분함을 삭일 수 있겠습니까?"

"스원성 총사령관, 청산이 마르지 않는 한 땔감 걱정은 없다는 말이 있습니다. 또한 군자의 복수는 십 년이 지나도 결코 늦지 않는다고 했습니다. 본인도 분함이 이루 말할 수 없지만 이 말들을 가슴에 새기면서 국익을 위해서 참을 수밖에 없었습니다."

"스원성 총사령관, 주석 각하의 말씀이 맞는 것 같습

니다. 평생을 군부에 몸을 담아 온 나 우극리도 주석 각하의 말씀에 전적으로 따르겠습니다. 대신에 주석 각하께 한 가지 건의드릴 일이 있습니다. 그것은 일전에 보류하신 '초월인(超越人) 프로젝트'를 승인해 주시라는 것입니다."

"으음, '초월인 프로젝트'를 승인해 달라는 말입니까? 휴우, 알겠습니다. 당장 승인하도록 하겠습니다."

이들이 말하는 '초월인 프로젝트'는 나찌의 생체 실험과도 관계가 있었다.

일본이 세균학에 치중한 생체 실험을 했다면 독일의 생체 실험은 우생학과 관련이 있었다.

사이코패스와 같은 히틀러가 심취했던 게르만 민족의 우월성을 입증하려는 이유 때문이었다.

그런데 얼마 전에 우극리는 소련의 한 퇴역 장성으로부터 나찌의 생체 실험 자료 일체를 100억 달러에 팔겠다는 제안을 받았다.

**731부대로 알려진 일본의 생체 실험 자료들은 대부분 미국이 접수해서 과학과 의료계에서 짭짤하게 활용한 것으로 잘 알려져 있으니 우극리 또한 모를 리 없었다.

그런데 독일의 생체 실험 자료들은 외부에 크게 알려지지 않았다. 그 이유는 생체 실험의 주재자로 지목되었지만 감쪽같이 사라졌던 요제프 멩겔레는 사실은 잔챙이에 불과했기 때문이었다.

제의가 사실이라면 100억 달러는 엄청난 거금이었지만 그만한 투자 가치가 있을 것이다. 게다가 중국 군부도 기공과 한의학을 이용해서 그와 비슷한 실험들을 하고 있었으니 그 실험 자료들을 활용한다면 엄청난 성과를 이룰수도 있을 것이 아닌가.

이렇게 강권을 겨냥한 중국의 '초월인 프로젝트'는 새로운 전기를 맞게 되었다.

백룡의 오퍼레이터 룸에선 '해'와 '달'이 한창 '하나로 캡슐'을 만들면서 서로 잘났다고 다투고 있었다.

'해'의 주장은 인간이 스스로의 자정력으로 회복할 수 있도록 인체에 유용한 조건을 만들어주는 마법진을 인챈트하자고 주장한 반면에 '달'은 그렇게 복잡하게 할 게 아니라 직접 회복하도록 마법진을 인챈트하자 주장했다.

—이 바보야, 회복 마법진을 인챈트하면 간단하잖아? 뭘 실험하고 자시고 한단 말이야?

—그렇지만 '달' 아, 마법을 써서 회복을 하게 되면 인간이 갖고 있는 본연의 생명력이 소모될 가능성이 크단 말이야. 이 '하나로 캡슐'이 추구하는 게 뭐야? 궁극적으로 인체의 생명력을 극대화시키는 거잖아? 그러니까 회복하는데 시간이 조금 더 들더라도 스스로 회복할 수 있는 조건을 만들어주는 게 원칙인 것 같아.

—이 멍충아! 생각을 해봐. 이 '하나로 캡슐'이 왜 필요하겠어? 금옥자 같은 비정상적인 인간들을 위한 것 아니냐고? 그러니까 먼저 회복 마법을 써서 몸 상태를 정상적인 상황으로 만들어 놓고 파장을 맞추든 지랄을 하던 해야 할 것 아냐?

—'달' 아, 비정상적인 상황일수록 더 생명력을 고양시키는 방법을 써야 하지 않을까? 인간의 신체라는 게 약한 것 같으면서도 의외로 질겨. 그러니까 생명력을 극대화시킬 수 있는 여러 가지 마법진을 써서 그 잠재력을 끌어내는 게 더 옳다고 봐.

이처럼 이들의 다툼은 편법의 달인인 '달'과 원리원칙에 충실한 '해'의 성향을 극명하게 보여주는 대목이었다.

모든 일에 있어서 '달'에게 대부분 져 주던 '해'는 이번에는 무슨 일인지 자기 주장을 한 치도 굽히지 않고 있었다.

'달'은 강권이 '하나로 캡슐'을 만드는 이유가 금옥자라는 여성체 때문이라는 생각이 들어 일단 금옥자를 위주로 생각을 했다. 반면에 '해'는 '하나로 캡슐'의 원래 기능만을 생각하고 그 기능에 충실하려는 의도를 가지고 있었다.

이처럼 둘의 주장에는 일장일단이 있어 강권도 섣불리 누구의 손을 들어주기가 꺼려졌다. 강권의 경험상 이럴 경우에는 일단 호통부터 치는 게 여러모로 유용했다. 강권은 이 경험칙대로 일단 호통부터 쳤다.

"니들 이게 뭐하는 짓거리들이야? 둘이 서로 상의해서 '하나로 캡슐'을 만들라고 했지 누가 싸움질하라고 했어?"

―죄송합니다. 주인님.

―주인아, 씨이, 나는 잘못 없다. '해'가 말도 안 되는 것을 가지고 자꾸 우기니까 나도 모르게 성질을 좀 낸 것뿐이라고.

"됐고. 니들이 해놓은 성과물들을 보여줘 봐."

강권의 호통에 '해'와 '달'은 각자 자기 몸체에 해당하는 컴퓨터로 성과물들을 출력하기 시작했다.

본래 '하나로 캡슐'은 23C의 여러 가지 기술들이 접목이 되어 있었기 때문에 '해'와 '달'은 현실에 맞게 다시 설계해야 했다. 가장 어려운 점은 생체 파장을 소수점 아래 여섯 자리까지 정확하게 측정해야 한다는 것이었다.

이 생체 파장을 측정하는 것은 현재의 기술로 만들 수는 있지만 만족할 만한 것이 아니어서 부득이 마법을 써야 했다.

이렇게 만들어진 설계도에 '달'은 달랑 회복 마법진만을 추가했고, '해'는 온도와 습도, 산소 등을 조절하여 인간의 생존 최적 조건을 맞출 수 있도록 여러 가지 마법진을 인챈트했다.

이 마법진의 구동은 '미리내'의 동력으로 쓰는 질소 충진 엔진을 장착시켰다.

따라서 구동에 있어서 거의 전천후에 비용 또한 거의 들지 않는다는 것이 자랑이었다.

'꽤 잘 만들었군. 나라면 이렇게 만드는 게 거의 불가능하겠는 걸?'

'해'와 '달'은 8클래스의 마법을 모두 알고 있고 게다가 컴퓨터와 결합을 할 수 있기 때문에 8클래스 마법사를 능가하는 마법 실력을 가지고 있었다.

물론 직접 실행할 수 있는 몸체를 가지고 있지 않아 마법을 쓰는데 제한적이기는 하지만 마법진 설계에 있어서 만큼은 9클래스 대마법사보다 나은 점이 있었다.

반면에 강권은 이제 6클래스 유저에 불과하기 때문에 비교 자체가 되지 못했다.

"니들이 만든 것은 일장일단이 있는 것 같으니 두 설계도를 하나로 만들어 봐. 그러니까 '해'의 설계도를 기본으로 하고 거기에 '달'이 생각한 회복 마법진을 추가시켜 보라는 거야."

—예. 알겠습니다. 주인님.

—씨이, 알았다. 주인아.

'해'는 여느 때처럼 고분고분하게 대답했지만 '달'은 투덜거리며 마지못해 대답했다. 강권은 그러려니 생각을 하고는 '하나로 캡슐'의 몸체를 만들 궁리를 했다.

몸체 부분인 캡슐을 만드는 것은 여러 가지 면을 고려하면 단백질 섬유가 안성맞춤일 것이고 마법진을 새기는 것은 미스릴과 비슷한 효율성을 지닌 백금을 쓰면 될 것이다.

단백질 섬유를 만드는 것은 콩과 식물이 질소 동화 작용을 해서 단백질을 만드는 것과 비슷했다. 다른 점이 있다면 콩과 식물은 단백질 외에도 여러 가지 영양소를 만들지만 단백질 섬유를 만드는 것은 오로지 단백질만을 만드는데 최적화시킨다는 것뿐이다.

'해'와 '달'이 '하나로 캡슐'의 설계를 끝냈다. 그 설계는 강권의 예상과 크게 다르지 않아 강권은 즉시 몸체 부분인 캡슐을 만들었다.

캡슐을 만들면 남은 것은 마법진을 그리는 일뿐이다.

"나는 백금 좀 가져올 테니까 '해'는 백룡을 잘 보고 있어. 그리고 마법진을 그려놔. 와서 백금을 씌우게. 무슨 말인지 알겠지?"

—예. 주인님. 알았습니다.

—주인아, 그럼 나는 '미리내'를 모는 거야?

"그래. 여기는 중국 땅이니까 인비저블 기능을 최대로 활성화시켜야 할 거야."

—주인아, 중국 떼놈들이 뭐가 두려워서 그러냐? 까불면 또 한 번 혼내주면 될 거 아냐?

"이 멍청아, 괜히 골치 아픈 일 만들지 말고 그냥 시키는 대로나 해."

중국은 땅이 넓어서인지 없는 자원이 거의 없었지만 백금 광산은 없었다.

전 세계의 백금은 남아공과 러시아, 캐나다 이 세 나라에서 거의 생산된다.

따라서 가장 가까운 백금 광산이 있는 곳은 러시아의 우랄 지방이라고 보면 된다.

강권은 우랄 지방으로 날아가서 백금 100kg 정도를 채굴해 왔다.

노옴의 능력이 커진 만큼 백금 채굴은 금방이었다.

오는 길에 몽골에 들러 백금을 가공하는데 쓸 루테늄까지 채굴했다.

노옴이 채굴한 순수한 백금은 너무 물러서 단단하게 만들려면 루테늄을 합금해야 했기 때문이다. 백금 95%에 루테늄 5%를 섞으면 엄청 단단해진다.

'하나로 캡슐' 하나를 만들고 나자 번갯불에 콩 구워 먹듯 후다닥 해치웠다고는 하지만 콘서트 시간이 임박해 있었다.

강권은 KM 소속 가수들이 모여 있는 오디션 스테이지로 갔다.

고수원 회장을 비롯해서 KM 임직원들은 사색이 되어 있다가 강권의 얼굴을 보더니 비로소 한숨을 내쉬었다.

콘서트 시간이 되어 강권을 찾았는데 도무지 보이지 않아서 다들 식겁했다고 한다.

이번 콘서트의 MC를 강권이 하기로 되어 있었는데 어디에 있는지 알 수 없어서였다.

물론 사차원의 엘리샤벳이 중국인이기는 하지만 Dr. Seer.가 주 MC라고 했기 때문에 강권이 MC를 보지 않으면 문제가 생길 수 있었다. 이미 티켓이 완전 매진이어서 콘서트가 잘못되기라도 한다면 엄청 골치 아파질 것이다.

특히 이곳이 상식이 통하지 않는 중국 땅이라서 더 걱정이었을 것이다.

"하하, 죄송합니다. 갑자기 일이 좀 생겨서 여러분들에게 폐를 끼친 것 같네요."

"일이 생겼다면 혹시……."

고수원 회장은 강권이 말하는 일이란 게 중국 당국에서 입국 신고를 하지 않은 것을 트집을 잡는 게 아닌가 하고 우려를 하는 모양이었다.

그 우려는 중국에서는 당 고위 간부들 비위에 거슬리면 자기네 입맛대로 처리한다는 것을 염두에 둔 것이었다.

물론 강권이 중국의 항모전단을 박살냈다는 것을 모르는 데서 비롯되었다.

강권은 근심이 가득한 고수원 회장의 얼굴을 보고 터져 나오려는 웃음을 간신히 참으며 말했다.

"하하하! 그건 아닙니다. 콘서트 때문에 생긴 일이 아니고 내 개인적으로 처리해야 하는 일 때문입니다. 잘 처리되었으니 걱정하실 필요는 없습니다."

"휴우, 잘 처리되었다니 안심입니다. 중국에 오면 모든 것이 조심스러워서 걱정이 많이 되었습니다. 최 이사님, 그나저나 이번 콘서트의 컨셉은 무엇으로 할까요?"

"내가 생각한 것은 'Dragon, Fly.'로 정했습니다. 중국 사람들이 용을 좋아하니까 콘서트 컨셉에 용을 집어넣었는데 어떻게 생각하십니까?"

"이사 오빠, 'Dragon, Fly.'라면 우리말로 '용, 날다.'죠? 엄청 좋은 것 같은데요."

'뮤즈 걸즈'에서 학구적인 컨셉으로 활동하는 지현의 대답에 다들 고개를 끄덕였다.

"그러면 그렇게 알고 진행을 하기로 하지요. 알아두셔야 할 것은 이 컨셉의 생명은 박력이라는 것입니다. 여러분들도 안무를 할 때 평소보다 더 동작을 크게 한다고 생각하시면서 안무에 임하십시오. 어제 연습하신 대로만 하시면 될 것입니다."

강권은 이렇게 말했지만 사실은 어떻게 하던지 상관없었다. 청중들이 실제로 보는 장면은 오디션 스테이지 공연보다 1초가량 늦은 것인데 그 1초 사이에 '해'가 알아서 편집을 해줄 것이기 때문이었다.

또 이미 오디션 스테이지에서 연습한 것들을 녹화해 둔 영상도 있으니 최악의 경우에는 이 영상으로 대체하면

the 리더

될 것이다.

마침내 공연 시간인 하오 8시가 되자 강권이 유창한 중국어로 멘트를 시작했다.

[반갑습니다. 오늘도 우리 공연을 보려고 많은 팬들이 이 아름다운 경기장 냐오차오(鳥巢)에 오셨군요. 먼저 심심한 사의를 표하는 것으로 콘서트의 막을 열도록 하겠습니다. 첫 공연은 여러분에게 친숙한 얼굴 엘리샤벳이 속해 있는 걸그룹 사차원입니다. 뜨거운 박수로 맞아주십시오.]

강권의 멘트가 끝나자 폭음이 터지면서 화약 연기와 함께 다섯 마리의 용이 꿈틀거리는 형상이 냐오차오의 상공에 피어올랐다.

이것은 실제로 폭죽을 터트린 것이 아니고 '해'가 레이저와 전자파로 만든 연출이었다. 그러니까 청중들의 눈에 보이는 영상은 레이저로, 화약 냄새는 전자파를 써서 인위적으로 만든 것이었다.

냄새나는 TV는 실제로 개발이 되어 있는 상태였지만 여러 가지 사정에 의해서 상용화가 되지 않고 있었다.

예를 들어 TV에서 꽃향기나 맛있는 음식 냄새가 풍기는 것은 좋지만 반대로 살인 현장에서 나는 강렬한 피 냄새나 쓰레기장에서 나는 악취가 TV에서 여과 없이 나온다면 어떻게 받아들일 것인가 하는 것도 그 사정 중의 하나다.

물론 현장감은 생생하겠지만 TV에서 나오는 악취로 인해서 집안에서 온통 악취가 진동하게 된다면 그건 좀 문제가 있지 않겠는가? 이런 의미에서 본다면 이 콘서트가 전자파를 써서 냄새를 만들어내는 기술을 최초로 상용화한 셈이 된다.

[와아!]

[짱! 멋있다.]

9만이 들어올 수 있다는 냐오차오에 입추의 여지없이 가득 찬 청중들에게서 환호성이 터져 나왔다. 공연의 시작부터 첨단 기술을 보여주는 강수로 청중들을 압도하자 그 다음은 일사천리였다.

심지어는 KM의 관계자와 투어 가수들까지 첨단 기술에 매료가 되어 있었으니 더 이상 말이 필요 없을 것이다.

"어! 어떻게 된 거야? 정말 화약 냄새가 나는 것 같네."

"오라방, 어떻게 된 거예요?"

"하하하, 화약 냄새를 디지털로 분해를 해서 똑같은 파장을 대기에 방사한 결과야. 인간의 감각기관이 감각을 느끼는 매커니즘은 전기적인 성질을 갖고 있거든. 그러니까 한마디로 인간의 감각을 속였다는 것이지."

"오라방, 그렇게 말하니까 더 궁금해지잖아? 자세히 설명해 줘."

"하하하! 알았다. 인간의 감각이란 것은 외부에서 어떤 자극을 받았을 경우 전기를 발생시켜 다른 세포에 정보를 전달하는 뉴런에 의해서 전자파의 전달로 외부의 자극을 받아들이는 결과야. 그리고 인간의 두뇌에는 스스로 기대하는 준거점이 있어. 간단하게 말하면 아름다운 꽃을 보면 향기가 나는 것 같고, 한 무더기의 똥을 보면 구린내가 날 것이라고 미리 지레짐작을 해 버린다는 거야. 이를테면 연기와 폭발음 그리고 용 다섯 마리가 꿈틀거린 것 같은 장면을 보면 화약 냄새를 기대하겠지. 그때 화약 냄새가 내뿜는 고유한 파장의 전자파를 방사하면 화약 냄새를 맡고 있다고 착각할 수밖에 없어. 간단하지?"

강권의 장황한 설명에 다들 존경스런 눈초리로 쳐다보았다.

노래면 노래, 작곡이면 작곡, 거기에 글로벌 기업의 수장까지 그 어느 것도 범상치 않은 것이 없는데 그들이 모르는 과학 지식까지 지니고 있어서 일 것이다.

아무튼 'Dragon Fly.'라는 이름으로 펼쳐진 중국 공연은 60여 마리의 용들이 비산하는 불꽃놀이를 선보이며 화려하게 마감을 했다.

강권은 물론 이번 중국 공연도 일본 공연과 마찬가지로 봉황음으로 대한민국에 대한 우호적인 마음을 심어두는 것을 잊지 않았다.

콘서트인가? 아니면 과학 경연장인가?

일본 투어를 성공적으로 마친 Dr. Seer.가 이번에는 중국의 냐오차오에서 환상적인 무대를 선보였다.

펑하는 소리와 함께 형형색색의 다섯 마리의 용이 자욱한 연기를 뚫고 허공으로 솟구쳐 오르는 모습은 마치 불꽃놀이를 보는 듯했다.

그런데 놀라운 것은 분명 레이저 쇼임에도 불구하고 냐오차오에는 화약 연기가 가득했다는 것이다.

그것을 보고 느끼는 청중들의 입에서는 자기도 모르는 사이에 탄성과 환호성이 흘러나왔다. 그것은 실로 용을 경외시하고, 폭죽에 환장하는 중국 국민들의 정서를 꿰뚫어서 연출한 퍼포먼스가 아닐 수 없었다.

이렇게 진행된 콘서트가 펼쳐진 세 시간 내내 화려한 레이저

쇼에 중국 청중들은 이미 Dr. Seer.에 넋을 빼앗겨 버렸다.

콘서트 입장권이 S석에 8,333위안, A석에 4,167위안, B석에 2,500위안, C석에 833위안이라는 중국의 경제 수준에서는 엄청 비싼 가격임에도 불구하고 발매 당일에 전부 매진되어 버린 것이 사치가 아니라는 증거가 아닐 수 없었다.

냐오차오에서 Dr. Seer.의 콘서트를 본 12만 명의 중국 젊은이들은 힘껏 미래의 목표를 향해 달려 나갈 것이기 때문이다.

······중략······.

아무튼 Dr. Seer.는 공연 때마다 새로운 기술을 선보이며 세계를 자극하고 있다. 본 기자 역시 냐오차오에서 Dr. Seer.가 주연한 'Dragon Fly.'를 보고 큰 감명을 받았다. 과연 다음 투어에서는 어떤 형태의 공연을 펼칠 것인가 궁금하지 않을 수 없다.

뉴욕 타임즈 챔벌레인 기자.

Dr. Seer. 빼이징을 점령하다.

우리의 자랑스러운 월드스타, Dr. Seer.가 일본 열도 정벌에 이어서 중국마저도 함락시켰다.

15억에 달하는 중국인들이 Dr. Seer.의 마법에 빠져 정신을 차리지 못했다. 그 증거로 중국의 대졸 초봉이 4,000위안 정도인데 그보다 훨씬 비싼 S석과 A석이 입장권을 팔자마자 10분 안에 매진이 되었고, 2,500위안인 B석마저도 30분 정도에 매진이 되었다.

가장 싼 833위안인 C석만 발매 하루가 지나서 매진이 되었을 뿐이다.

이것은 경제 수준이 30~40배 차이나는 일본과 동일한 가격으로 팔았던 점을 생각하면 놀라운 일이 아닐 수 없다.

Dr. Seer.의 공연이 펼쳐진 냐오차오는 Dr. Seer.를 흠모하고 찬양하는 구호뿐이었다. 그것은 마치 교주의 이름을 연호하는 광신도의 그것과 전혀 다르지 않았다. 이는 광개토대왕 이래 가장 놀라운 쾌거가 아닐 수 없다.

······중략······.

Dr. Seer.의 세계 정벌을 고대하면서······.

C일보 방민혁 기자.

뉴욕 타임즈의 챔벌레인 기자가 쓴 기사는 전 세계의 Dr. Seer. 팬들에게 기대감을 불러일으키기에 충분했다. 그런데 그런 기사만 있는 것은 아니었다.

'Dr. Seer. 빼이징을 점령하다.' 라는 제명(題名)의 C일보의 기사는 Dr. Seer.를 칭송한다는 명분으로 일본인들과 중국인들을 자극하려는 것 같았다.

그리고 그것은 훌륭하게 성공을 했다. 그 결과 C일보
의 기사로 인해서 당장 한중일 삼국의 네티즌들을 뜨겁게
달구었기 때문이다.

bsd4498…… ; 헐, 이 새끼 지금 뭐하자는 거임. 지
금이 무슨 전쟁 상황인가? 무슨 정벌 운운하는 거심. 방
민혁 기자 이 새끼는 도대체 제정신인 거임? 도대체 무슨
의도로 쓴 기사임?

qurt5588…… ; bsd4498……님 말씀에 전적으로
동조임. 이 새끼 혹시 뽕 맞은 거 아님? 글고 기자가 그런
거지 같은 기사를 썼다면 C일보 편집부에서는 뭣했음?
도무지 이해가 가지 않음.

nikor4080…… ; C일보의 방민혁 기사가 좀 과하였
지만 조금은 공감하는 중. 아니, 완전 공감임. Dr. Seer.
님은 당연히 일본과 중국을 정벌한 거심. Dr. Seer. 님
을 국회로…….

jqk6688…… ; Dr. Seer.의 콘서트에 갔다 온 얼빠

진 일본인들은 당장 현해탄에 뛰어들어 자결을 해야 할 거임. 그따위 조선징에게 비싼 돈을 들여가면서 훌쩍거리 다니 대일본인답지 않는 짓이었다.

jjj1234……; Dr. Seer.는 그렇게 생각하지 않을 거임. 기자가 좀 과장된 추측 기사를 쓴 듯. 모든 게 원만하게 해결되기를…….

chibt9999……; 이런 말을 들으면서까지 꼭 Dr. Seer.의 콘서트에 가야할 거임. 우리 중국은 세계 최고 강국임. 이런 말을 듣는다는 것이 수치임. 당장 Dr. Seer.의 콘서트 거부 운동을 펼치겠음.
…….

인터넷으로 공연의 반응을 보던 뮤즈 걸즈의 지현이 뮤즈 걸즈 소녀들에게 이런 사실을 알렸다.
그 말을 들은 소녀들은 대수롭지 않다는 듯 호들갑을 떨며 장난을 했다.
"에엑! 이게 뭐야? 뭐 정벌?"
"그럼 우리가 전사임?"
"오우, 아임 어 엑셀런트 파이터다. 내 정의의 칼을 받아랏!"

"흐윽, 분하다. 내가 먼저 칼을 뽑을 수 있었는
데……."

소녀들의 호들갑에 지현이 따끔하게 호통을 쳤다.

"언니들! 지금 도대체 뭐하자는 거예요? 우리 투어가
무산될 지경인데 이렇게 철없이 놀 수 있어요? 도대체
정신이 있어요, 없어요?"

"아! 맞다. 쏘리. 그런데 어떻게 해야지?"

"어떻게 하긴요? 회장님과 최 이사님께 알려서 대책을
세워야지요."

"그래. 그렇게 하자."

뮤즈 걸즈 소녀들은 고수원 회장에게 달려가 C일보의
기사에 대해 언급한 댓글들을 보였다.

고수원 회장도 시간이 갈수록 인터넷에 올라오는 일본
과 중국 네티즌들의 발언의 강도가 점점 강해지는 것을
느끼고는 심각한 표정을 지었다.

"삼촌, 우리 투어 계속할 수 있는 거예요?"

"글쎄다. 일단 최 이사의 의견을 듣고 생각해 보자. 최
이사가 투어를 접자면 접을 수밖에 없겠지. 하지만 일본
투어는 이미 끝났고, 중국 투어는 내일 하루만 하면 끝나
니까 계속하는 쪽이 되지 않을까 싶다."

뮤즈 걸즈 소녀들은 고수원 회장의 말에 확신이 없다는 것을 느끼고 다급해졌다.

그동안 아무리 어려운 사건에 봉착하더라도 소녀들에게 자신감을 주어왔던 고수원 회장이 아니었기 때문이다.

'이번 투어는 꼭 성공했으면 싶었는데…….'

이런 생각은 비단 뮤즈 걸즈 소녀들만 갖고 있는 것은 아니었다.

*분열(分裂)의 장(場).

이 부분은 필자의 사견이 많이 개입이 되어 있습니다. 필자는 한 때 법을 공부한 적이 있었는데 헌법을 공부하다가 돌아 버리는 줄 알았습니다.

간략하게 말하면 이렇습니다.

우리나라 초대 대통령인 이○○은 철종의 8촌 동생이라고 합니다. 말하자면 이씨 왕조의 방계 왕손인 셈이지요.

그래서 이○○은 대한민국이 자기 것이라는 생각을 갖고 있었다고 합니다. 그리고 그 생각에 거스르는 사람들과는 상종을 하지 않으려

고 했습니다. 그 결과 독립투사들은 박해하고 일제어용인사들을 중
용하게 되었습니다. 우리나라의 뼈아픈 근현대사의 시발(始發)이지
요.

국회에서 간접선거로 치러진 초대 대통령선거에서 대통령이 된 이
○○은 국회에서 재선이 불가능하다고 판단이 되자 대통령 직선제를
골자로 여러 헌법 개헌안 중에서 자기에게 유리한 것들을 발췌해서
기습적으로 통과시킵니다.

이른바 부산 정치파동이라는 발췌개헌이 그것입니다.

발췌개헌은 일사부재의(一事不再議)의 원칙에 위배되고, 공고되
지 않은 개헌안이 의결되었으며, 토론의 자유 없이 의결이 강제되었
다는 점에서 명백하게 위헌입니다.

이○○의 악정은 거기서 그치지 않습니다.

종신대통령을 위해서 사사오입개헌을 한 것이 그 다음입니다. 의
결정족수가 부족하여 이미 부결된 개정안을 사사오입이라는 억지 논
리로 가결시키고 이○○에 한해서 3선이 가능하도록 하는 말도 안
되는 헌법을 통과시킨 것이지요.

그 다음의 악정은 이른바 3.15부정선거이지요.

제4대 대통령을 뽑는 3월 15일 선거에서 이○○이 불리하다는
판단이 서자 대규모 부정행위를 저지릅니다. 유령유권자 등재, 4할
사전투표, 입후보 등록의 폭력적 방해, 관권 총동원에 의한 유권자
협박, 야당 인사의 살상, 투표권 강탈, 3~5인조 공개투표, 야당참
관인 축출, 부정 개표 등이 그것입니다.

이○○의 이런 폭거는 결국 4.19의거에 의해 결국 종식을 고합니다.

하지만 대한민국 민주주의의 시련은 끝이 아니었습니다.

5.16 쿠데타에 의해서 총칼을 앞세워 박○○가 정권을 잡았습니다.

박○○는 대통령이 되어 우리나라의 경제 개발의 초석을 다졌습니다.

우리나라가 어느 정도 잘사는 나라가 된 것은 박○○의 경제 개발
덕분이라는 말은 이래서 설득력을 가집니다. 하지만 박○○는 3선

개헌이라는 악수를 둡니다.

바로 이○○에게 배운 것이지요. 그렇게 해서 연임만 가능했던 대통령직을 박○○는 헌법을 고쳐 가며 대통령이 되려 했습니다.

보릿고개를 없앴다는 것 때문에 박○○에 대한 민심은 대단했습니다. 그렇게 해서 71년도에 제7대 대통령선거가 치러졌습니다.

결과는 불과 100여만 표 차이로 박○○가 김○○을 누르고 제7대 대통령이 되었지요. 그렇지만 60만이 넘는 군인의 몰표, 부재자 투표의 몰표 등의 부정에 의한 결과로 대통령에 당선되었다는 설이 유력합니다. 사실상 김○○에게 졌다는 것이지요.

그래서 위기감을 느낀 박○○는 유신개헌이란 초악수(超惡手)를 둡니다.

직접선거이던 대통령선거를 통일주체국민회의에서 대통령을 뽑는 간접선거로 바꾸고 법률보다 하위에 있는 대통령 명령(긴급조치)으로 법률보다 상위에 있는 헌법마저도 정지시킬 수 있는 폭거입니다.

이른바 유신독재에 사법부가 반기를 듭니다만 말을 듣지 않는 대법관을 오지 지법 판사로 발령을 내는 것으로 진압합니다. 결론적으로 대통령의 사법부의 지배의 역사가 시작된 것이지요. 이 폭거는 김재규에 의해서 종식을 고합니다.

종신 대통령이 되려고 했는데 그걸로 끝장이 난 것이지요.

그렇게 야기된 혼란 정국에 혓바닥을 들이민 자는 다름 아닌 총칼을 앞세운 전○○이었습니다. 전○○은 쿠데타를 일으켜서 수천 명의 인명을 살상(殺傷)하고도 박○○가 깔아놓은 통일주체국민회의로 대통령이 되었습니다.

전○○ 다음은 노○○였습니다. 이○○부터 노○○까지의 시기가 우리나라 근현대사에 있어서 참으로 암울한 시기가 아닐 수 없습니다.

그 이후부터 오늘날까지를 필자는 감히 그 암울한 시기의 후유증을 겪고 있는 시기라고 보고 있습니다.

**731부대. 일명 이시이 부대

731부대는 1932년 만주 침공시 하얼빈 남쪽 20km 지점에 설립한 세균전 비밀 연구소로 출발하였다. 이 부대를 설립한 이시이 시로는 세균학 박사로 1930년대 초 유럽 시찰을 통해 세균전의 효용을 깨닫고 이에 대비한 전략을 적극 주창해서 만들었다.

초기에는 '관동군 방역급수부대', '동향부대' 등으로 위장하였다가 1941년 만주 731부대로 명칭을 바꾸었다. 부대 예하에는 바이러스·곤충·동상·페스트·콜레라 등 생물학 무기를 연구하는 17개 연구반이 있었고, 각각의 연구반마다 마루타라고 불리는 인간을 생체 실험용으로 사용했다.

설립자 이름을 따 일명 이시이 부대로 알려진 이 부대는 1936년에서 1945년 여름까지 전쟁포로 및 기타 구속된 사람 3,000여 명을 대상으로 각종 세균 실험과 약물 실험 등을 자행했다고 알려져 있다.

주요 생체 실험의 내용은 세균 실험 및 생체 해부 실험 등과 동상 연구를 위한 생체 냉동 실험, 생체 원심 분리 실험 및 진공 실험, 신경 실험, 생체 총기 관통 실험, 가스 실험 등이었다.

731 부대와 관련된 자들은 일부는 소련군에 체포되어 하바로프스크 전범 재판에 회부되었지만 미국에 항복한 자들은 그들이 가지고 있던 자료를 미국에 제공하는 대가로 사면을 받았다.

731부대장인 중장 이시이 시로 및 731부대와 관련된 많은 과학자들이 나중에 정치, 학계, 사업, 의학 부문에서 큰 성공을 거둔 배경에는 그런 이유가 있다.

일제가 자행한 생체 실험은 731부대 외에도 516부대(치치하얼 시), 543부대(하이라얼 시), 773부대(송고), 100부대(창춘), 1644부대(난징), 1855부대(베이징), 8604부대(광저우), 200부대(만주), 9420부대(싱가포르) 등 헤아릴 수 없이 많다.

그 밖에 동아시아 각지에 세워진 기관도 731부대와 유사하거나 731부대의 생체 실험을 뒷받침하는 역할을 하였다.

이들 자료들 대부분을 접수한 미국이 이 자료들을 토대로 각종 신약 등의 개발과 제조에 활용했다는 것은 비단 추측만은 아닐 것이다.

제7장
투어는 계속되어야 한다

소녀들이 고수원 회장에게 알릴 즈음 강권은 이미 '환'
매니지먼트의 기획실장에게 보고를 받고 있는 중이었다.

'환' 매니지먼트는 콘서트마다 그 반응을 체크하고 있
어서 인터넷의 이상 반응을 즉각 캐치했던 것이다.

"방민혁이란 녀석이 C일보 사주인 방기환의 삼남이라
고?"

"예. 회장님. 그런데 더 위험한 것은 방민혁이 일본회
의로부터 사주를 받아 저지른 일 같다는 것입니다."

"으음, 증거는 있고?"

"그것이…… 확실한 증거는 없지만 방민혁이 중국으로
출국하기 전에 울릉도 사건의 주역인 시조모란 자와 방기

환이가 도쿄에서 만났다는 제보가 있었습니다."

"그래? 알았으니 계속 수고하도록."

"예. 회장님."

강권은 '환' 매니지먼트 기획실장과의 통화 후에 방민혁의 처리를 놓고 고심했다.

'그렇다면 방민혁이란 녀석이 단독으로 사고를 친 것이 아니고 일본회의의 사주를 받은 게 틀림없군. 이 녀석들을 어떻게 해야 잘 혼내줬다고 소문이 나지?'

강권이 일본회의를 혼내지 않았던 것은 더 비참하게 만들어주기 위해서였다.

짧으면 3년에서 길게 잡아도 10년 이내에 일본의 상당 부분은 바다에 가라앉게 되어 있다. 그나마 가라앉지 않고 남아 있는 부분은 한반도를 감싸는 방파제 역할을 할 정도일 것이다.

따라서 지금이야 녀석들이 설치고 있어도 곧 코가 석 자는 빠질 불쌍한 신세에 빠질 것이다. 그때에 가서 녀석들이 과연 어떻게 행동할까가 궁금한 것도 녀석들을 가만 내버려 두는 이유였다.

반면에 매국노들의 후예들을 손보지 않은 것은 암중에 숨어 있는 매국노들의 원류와도 같은 자 때문이었다.

분명히 실체는 있는 것 같은데 컴퓨터의 달인 조세기

와 '달'이 온라인으로 아무리 찾으려 해도 실체를 찾을 수 없는 자, 바로 그자를 찾은 후에 매국노들의 후예들을 전부 엄벌에 처하려는 것이었다.

강권의 판단으로는 이자들은 일본회의와 같은 일본 우익보다도 더 질이 나쁜 놈들이었다. 일본회의 놈들은 우리나라에 나쁜 짓을 했다 해도 제 나라를 위한다고 그렇게 한 것이었지만 매국노의 후예들은 지들 잘 먹고 잘살자고 나라와 민족을 배신한 간신 새끼들이었다.

막말로 일본회의 녀석들은 카미카제가 말해주듯 조국을 위해서라면 자기 목숨을 초개(草芥)처럼 여길 테지만 매국노들의 후예들은 기꺼이 국적을 바꿔 버릴 돼지 같은 새끼들이었다.

'좋아. 이 기회에 알거지로 만들어주지.'

강권은 이번 기회에 일제에 빌붙어서 벌고, 군사정권에 아부해서 지켜낸 방씨 일가의 재산을 송두리째 빼앗아 버리겠다는 결심을 굳혔다.

그 결심은 방씨 일가를 흔들어서 암중에 숨어 있는 매국노들의 원류를 끌어내려는 계산도 깔려 있었다.

이른바 36계에 해당하는 타초경사지계(打草驚蛇之計)였다.

강권은 복안이 서자 '환' 매니지먼트를 맡고 있는 황

성윤을 호출했다.

황성윤은 강권의 호출에 대뜸 죄송하다고 했다.

그도 보고를 받아 사안이 상당히 심각하다는 것을 인지한 까닭이었다.

"어르신, 죄송합니다."

"하하하! 이 사람아 자네가 뭐가 죄송해? 자네를 호출한 것은 자네를 나무라자는 게 아닐세."

"……."

"자네는 그룹 법무 팀과 상의해서 대응 조치를 취하도록 하게."

"그거야 당연한 것 아니겠습니까? 그렇잖아도 보고를 받자마자 그룹 법무 팀과 대책을 논의하고 있는 중입니다."

황성윤 역시 사안이 심각하다고 생각했는지 시키지도 않았는데 나름 고심해서 대응 방안을 강구하고 있는 중이었다.

귀계가 난무하는 연예계 바닥에서 이십여 년을 구른 가락이 어디 가지는 않은 것이다.

"황 사장, 나는 말이야. 이번 기회에 방씨 일가의 껍데기를 홀라당 벗길 작정이네. 내 명예를 훼손해서 받은 손해배상 책임을 물을 작정이란 말일세."

"그렇지만 그게……."

"이전에는 그게 먹혀들지 않았겠지. 그렇지만 지금은 세상이 바뀌지 않았나? 수단과 방법을 가리지 말고 일단 한 1조쯤 손해배상을 청구하도록 하게. 그룹 '환'의 회장이라는 내 위치와 Dr. Seer.의 명성이면 그 정도 손해배상을 청구해도 그리 과하지 않을 것일세."

"……."

"내가 강 전무에게 말을 해놓을 테니 그것과 곁들어서 씨크릿 팀을 총가동시켜서 방씨 일가의 행동을 면밀히 체크하도록 하게. 나는 이 기회에 매국노 후예들이 더 이상 깝죽대지 못하도록 본때를 보일 작정이네. 방씨 일가는 물론이고, 방씨 일가에 빌붙어 사는 자들을 하나도 남김없이 껍데기를 홀랑 벗겨 알거지로 만들려는 것이 내 진정한 의도일세. 그러니까 필요하다면 조직을 가동시켜서라도 방씨 일가와 방씨 일가에 빌붙어 호의호식하는 자들을 혼내주도록 하게. 자네를 믿고 있겠네."

"옛. 알겠습니다. 어르신. 어르신의 믿음을 저버리지 않도록 최선을 다하겠습니다."

황성윤은 아직까지 강권이 한 번도 사사롭게 쓰지 않았던 폭력 조직까지 쓰려 하자 군기가 바짝 들었는지 빠릿빠릿하게 대답을 했다.

"내 얘기는 끝났으니까 수고하게."

"옛. 어르신. 어르신의 명성에 누가 되지 않도록 최선을 다하겠습니다."

강권은 황성윤에게 지시를 내린 다음에 강석천에게 전화를 걸어서 동일한 취지로 지시를 내렸다.

조국을 배신한 것도 모자라 언론 매체를 손에 쥐고 일본 우익들과 교류하면서 마치 귀족이나 되는 것처럼 행동하는 방씨 일가의 최후는 이제 머지않았다.

'밤의 황제'의 힘이 얼마나 무섭다는 것을 뼈저리게 느끼면서 거리로 나앉게 되는 것이 매국노의 후예인 방씨 일가의 최후가 될 것이다.

"최 이사 오빠, 우리 어떻게 해?"

"어떻게 하다니? 뭘 말이냐?"

"C일보 기사 땜에 중국과 일본이 난리가 아니잖어. 그런데도 계속 투어를 할 수 있는 거냐고?"

"하하, 뭘 그거 갖고 그래? 혹시 우리 식신님께선 투어를 그만하고 싶어서 그러는 거야? 으음, 그렇다고 해도 안 되겠는 걸."

강권의 대수롭지 않다는 반응에 뮤즈 걸즈 소녀들은 만세를 불렀다.

그렇지만 옆에서 지켜보는 고수원 회장의 얼굴은 심각한 표정 그대로였다.

소녀들이 우르르 몰려 나가자 고수원 회장은 잔뜩 굳은 얼굴로 진의를 물었다.

"최 이사님, 정말 투어를 강행하려고 하십니까? 방금 전에 본 인터넷 기사에 다음 콘서트가 열릴 예정인 상하이 국제자동차경기장 앞에 1만 명에 가까운 사람들이 콘서트 반대 시위를 하고 있다고 합니다. 아침부터 그럴 정도니 콘서트가 열릴 하오 8시가 되면 수만 명의 시위대가 운집하지 않겠습니까?"

"고 회장님, 그럼 20만 매나 예매를 해놓고 콘서트를 하지 않을 작정이었습니까?"

"그건 그렇지만 콘서트를 강행하다가 불상사라도 생기면……."

"우리야 백룡 안에서 밖으로 나가지 않는데 무슨 걱정입니까? 다쳐도 중국 사람들이 다치겠죠. 고 회장님 혹시 투어를 이쯤해서 접고 싶습니까?"

"허억! 그, 그럴 리가 있겠습니까? 다만 불상사가 일어나면 앞으로의 투어도 문제가 생길까봐 그러는 거지요."

"고 회장님, 그 문제는 내가 알아서 처리할 테니까 신경 쓰지 마십시오. 애들에게도 예정대로 하니까 동요하지 말고 평소 하던 대로 하라고 주지시켜 주십시오."

"예. 최 이사님 말씀대로 하겠습니다."

고수원은 강권의 말에 따르는 수밖에 없었다.

사실 이번 콘서트도 Dr. Seer.란 이름값이 전제되지 않고서는 성공을 장담할 수 없다는 것을 인정하지 않을 수 없었기 때문이다.

리나가 떠오르고는 있지만 아직은 네임 밸류에 있어서 뮤즈 걸스나 울트라 주니어에 미치지 못하는 것이 현실이었다.

물론 Dr. Seer.가 빠지고 기존에 받던 가격대로 콘서트를 강행한다면 어느 정도 성과를 거둘 수는 있을 것이다. 하지만 지금처럼 10배나 비싼 가격을 주고 올 사람들은 거의 없을 것이다.

그런 제반 사정을 고려해 볼 때 10배나 비싼 가격에도 불구하고 콘서트가 연이은 만석 행진을 하고 있는 것은 전적으로 Dr. Seer. 때문이라고 KM 관계자들도 평가하고 있었던 것이다.

고수원이 나가자 뮤즈 걸즈의 두 식신 수형이와 윤이

가 고개만 쏙 들이밀고 고기를 달라고 졸랐다. 그 모습이 영락없는 개구쟁이였다.

강권은 터져 나오는 웃음을 참으며 대꾸했다.

"하하, 니네들은 식전 댓바람부터 고기 타령이냐?"

"이사 옵빠, 식전 댓바람이라니요? 지금은 열 시가 다 되어 간다고요."

윤이의 말에 시계를 보니 정말 10시가 다 되었다.

"호, 그러네. 그런데 아침을 먹은 지 얼마나 됐다고 고기 타령이냐?"

"오늘은 투어 걱정 땜에 밥을 먹지 못했단 말이에요."

"그랬어?"

"예. 그래염. 이따 옵빠, 뚜형이 배고파염. 꼬기 주세염."

두 식신이 이렇게 말하는 것은 백룡에는 식사 시간이 정해져 있었기 때문이다.

아침은 오전 7시에서 8시, 점심은 정오에서 오후 1시, 저녁은 오후 6시에서 7시에만 먹을 수 있고 그 시간이 지나면 밥을 먹을 수 없다. 아마 투어를 접어야 될지도 모를 상황이니까 그게 걱정이 되어서 밥을 먹지 못한 것 같았다.

"하하하! 알았다. 이게 다 먹고 살자고 하는 짓인데 먹어야지. 우리 뚜형이는 무슨 꼬기?"

"뚜형이는 땀치."

"이사 옵빠, 윤이는 꽃등심."

'식신들, 이거 한 가지로만 통일할 수는 없나?'

강권의 내심은 이랬지만 대답은 '그래, 알았다.' 였다.

식신들이 강권에게 줄기차게 고기를 달라고 하는 이유는 참치와 꽃등심은 신선도를 유지하려고 강권의 아공간에만 두기 때문이었다.

'휴우, 이거 원, 무한 배낭을 만들던지 해야지.'

강권은 이렇게 투덜거리다 문득 서원명의 기억 속에 있던 인피니트 백, * '도깨비' 가 떠올랐다.

강권이 기연을 만나 한 쌍의 토시로 된 아공간 형식의 무한 배낭을 얻게 되어 까맣게 잊고 있던 것이기도 했다.

윤미르가 만든 '도깨비' 는 0.125다이 정도에 불과하지만 좀 더 키워서 8다이 정도의 크기만 된다면 한 변이 2m인 정육면체이니까 참치 열 마리도 집어넣을 수 있을 것이다.

'좋아. 한 번 만들어 보자. 그러려면 천생 백두산에 한 번 갔다 와야 되려나?'

'도깨비' 를 만들려면 '미르' 라는 원소가 필요한데 원소 '미르' 는 오로지 백두산에만 있기 때문이었다.

예전에는 노옴의 능력이 하급 정령일 따름이어서 원소 '미르'를 찾지 못했지만 지금의 노옴은 거의 상급 정령에 버금가는 능력을 갖고 있어서 충분히 찾아낼 수 있을 것이란 생각이 들었다.

강권이 한참 이런 생각에 빠져 있자 두 식신 수형이와 윤아는 투어 문제 때문에 강권이 고민하고 있다고 생각했는지 차마 조르지 못하고 발을 동동 구르며 서로의 얼굴을 쳐다보고 있었다.

그러다 강권의 얼굴에 미소가 어리자 그제야 안심이 된 듯 강권을 조르기 시작했다.

"이따 옵빠, 뚜형이 배고파, 땀치 고파, 얼릉 땀치 꼬기 줘요옹."

"이사 옵빠, 윤이는 꽃등심."

강권은 두 식신의 재촉에 자신이 멍 때리고 있었다는 것을 알아차렸다.

흘끔 시계를 보니 10시 15분이었다. '도깨비'를 생각하느라고 무려 15분 동안이나 멍을 때리고 있었는데 그 15분 동안을 옆에서 잠자코 참고 있었던 모양이다.

강권은 두 식신의 마음 씀씀이에 한편으로는 묘한 감동을 받았지만 다른 한편으로는 두 식신의 도저히 말릴 수 없는 식탐에 웃음이 터져 나왔다.

"하하하하! 지금까지 기다리고 있었던 거야? 하하하!"

"히잉, 이사 옵빠 미워."

윤이는 샐쭉해졌는데 반해 식신 수형은 강권에게 곧바로 징계를 내렸다.

퍽.

"이 바보 같은 이사 오빠야, 뭐가 그리 웃겨. 빨리 참치나 줘."

'허걱. 이 식신 수형아, 나는 네 참치 셔틀이 아니란다.'

하지만 강권은 별수 없이 두 식신의 손에 이끌려 참치와 꽃등심 셔틀이 되어야만 했다.

참치 한 마리를 회를 뜨고 꽃등심을 넉넉하게 내놓은 다음에 강권은 곧바로 백두산으로 갔다.

'미리내'는 한 시간에 최고 8,500km 이상을 가기 때문에 상해에서 백두산까지는 30분이면 떡을 치고도 남았다.

강권은 윤미르가 있었을 만한(?) 곳에 내려서 노옴에게 '미르' 원소를 찾게 했다.

이미 상급 정령의 능력에 버금가는 노옴은 강권의 기대에 부응이라도 하듯 금방 원소 '미르'가 있는 곳을 찾아냈다. 그리고 거의 100kg나 되는 미르 원소를 금방 캐냈다.

그러고 나니까 이제 겨우 정오에 불과했다.

윤미르의 기억에 의하면 이 근처에 고조선 사람이 살았던 동굴이 있다.

강권은 아직 시간도 남아 있고 하니 기왕 온 김에 그 동굴을 찾아보기로 했다.

"노옴아, 가서 산삼 찾기 놀이나 보석 찾기 놀이를 하고 있으렴."

─알았다. 주인아.

백두산은 강권이 전생에 망국 고구려의 공주와 사랑을 했던 곳이었다. 또 지금은 아내가 되었지만 전생에는 강권의 딸이었던 '미리내'와의 추억도 있는 곳이기도 했다.

그런 추억이 있어서인지 백두산에 오자 강권은 엄청 예민해졌다.

한참 센티멘털 가이가 감정을 잡고 있는데 갑자기 내력이 쑥 빠져나갔다.

"허걱, 도대체 노옴이 무슨 사고를 치고 있는 거야?"

공청석유와 만년석균을 먹은 후에 노옴을 거의 하루

종일 나가 놀게 하여도 끄떡도 하지 않을 정도로 강권의 마나량이 급증했기 때문에 이 정도로 충격을 받을 정도라면 노옴이 엄청 대단한 사건에 휘말렸을 것이다.

강권은 얼른 무진신공을 돌리는 한편 노옴에게 얼른 돌아오라고 명령했다.

"노옴, 빨리 돌아와!"

그런데 어찌 된 일인지 노옴은 묵묵부답이었다.

별수 없이 강권은 무진신공을 돌리고 있을 수밖에 없었다.

'도대체 노옴에게 무슨 일이 일어난 거지?'

강권은 여차하면 노옴을 강제 소환시키는 방법까지 고려해야 했다.

그런데 이 강제 소환은 강권으로서도 정말 모험이 아닐 수 없었다.

나중에 알게 된 사실이지만 이 세상은 이계와는 달라서 정령계와 연결이 될 수 있는 경우는 극히 드물었다. 강권이 노옴을 소환해서 계약을 한 것은 정말이지 천재일우의 기연이라고 봐도 좋을 정도였다.

그 말은 무식하면 용감하다고 얼떨결에 노옴을 소환해서 계약을 했기 때문에 노옴이 강제 소환이 된다면 강권이 이계로 가지 않는 한 다시 노옴을 소환할 수 없을지도 모른다는 의미를 가지고 있었다.

"휴우, 다 내 복이겠지. 뭐."

강권은 아공간에서 '미리내'를 꺼내서 '달'에게 7시가 되면 무조건 백롱으로 돌아가도록 지시를 해놓고 '미리내' 안에서 무진신공을 운기했다.

본격적으로 좌정하고 앉아 무진신공을 운기하자 나가는 마나만큼 회복되는 것은 아니었지만 어느 정도 보충이 되고 있으니 심신이 다소 안정이 되었다.

하지만 여전히 노옴은 돌아올 기미가 없었다.

그렇게 초조하게 무려 7시간이나 보내고 '달'이 '미리내'를 출발시키자 강권은 다시 노옴의 강제 소환을 놓고 고민하지 않을 수 없었다.

한참을 고민하던 끝에 강권이 눈물을 머금고 노옴에게로 가는 마나를 차단시키려는 순간에 노옴이 나타났다.

—주인아, 미안. 오래 기다렸다.

"노옴, 도대체 어떻게 된 거야? 왜? 연락도 되지 않았지?"

—주인아, 이것 때문이다.

이렇게 말하면서 노옴이 꺼낸 것은 아이들 머리통만한 다이아몬드와 정체를 알 수 없는 보석이었다.

'아이들 머리통만 한 다이아몬드를 캐오다니 맨틀 하

부까지 갔다 온 건가?'

강권이 이렇게 생각하는 것은 이 정도 크기의 다이아몬드가 있는 곳은 맨틀 하부가 아니고서는 가능성이 거의 없었기 때문이다.

그런데 노옴이 하는 것을 보니까 아이들 머리통만 한 다이아몬드보다 그 보석을 더 귀하게 여기는 것 같았다. 세상에 다이아몬드보다 더 귀한 보석은 없다.

예전에 노옴이 보석을 캐올 때를 돌이켜보면 그 정도는 알고 있었던 같다.

그렇다면 그 정체 모를 보석이 의미하는 것은 한 가지밖에 없었다.

"그렇다면 그건 혹시 마나석?"

—맞다. 주인아. 노옴, 멀리 갔다. 깊은 곳 마나석 꽤 있다.

땅속 아주 깊은 곳에 마나석이 많지는 않지만 어느 정도는 있다는 뜻이었다.

순간 강권의 뇌리에 스쳐 가는 것들이 있었다. 다큐 TV에서 본 내용에 따르면 공룡이 살았을 당시와 현대의 대기의 구성 성분이 다르다는 내용이었다.

그것에 따르면 식물이 번성해서 지구 대기에서 산소가 많았을 때는 지구상에 사는 생물들도 덩치가 컸었다는 사실이다.

그리고 이것은 확실하게 입증이 된 것은 아니지만 지구도 생물들이 호흡을 하는 것처럼 일정한 주기로 수렴과 발산을 반복하고 있다는 것이다.

'만약에 수렴에서 발산으로 변화하는 과정에 있다면…….'

그렇다면 앞으로 지구에도 기가 풍부해질 수 있을 것이다.

물론 그러한 변화의 진행이 인간으로서는 감지할 수 없을 정도의 오랜 세월일 것이기 때문에 인간의 생활에 큰 변화는 없을 것이다.

그렇게 본다면 지구의 먼 과거는 이계(異界)처럼 기(氣)의 밀도가 엄청 진할 수도 있었을 것이다. 혹은 먼 미래가 이계와 같은 조건이 형성될 수도 있을 것이다.

"하하하! 그렇단 말이지? 그럼 노옴이 마나석을 캐온다면 마법 아티펙트를 만들기가 훨씬 쉬워지겠군."

지금도 마법진을 통해서 아티펙트와 비슷한 효과를 내는 것들을 만들기는 하지만 엄밀히 말해서 그것들은 아티펙트와는 다른 것들이었다. 또한 마법진을 그릴 때도 마나석의 효과를 대체하기 위해서 엄청 복잡하게 계산을 해야 했다.

그런데 이제 노옴이 마나석을 캐온다면 그렇게 골을 싸매고 계산할 필요가 없었고 휴대용 아티펙트의 제작도 가능하게 되었다.

그렇지만 무엇보다도 마나석이 있음으로 해서 가장 유용한 점은 '해'와 '달'을 마음 놓고 부릴 수 있다는 것이었다.

마나 집적 마법진을 만들면 '해'와 '달'의 소모된 마나를 보충할 수 있기 때문이었다. '해'와 '달'도 강권에게 복덩이들이었지만 노옴도 '해'와 '달'에 전혀 뒤지지 않는 복덩이가 아닐 수 없었다.

강권이 엄청 들떠서 백룡에 도착했지만 그 들떴던 기분은 공연 장소 앞에서 콘서트 반대 시위 때문에 금방 가라앉고 말았다. 콘서트에 반대하는 군중들과 콘서트를 보겠다는 사람들이 충돌해서 30여 명이 죽고, 천여 명이 다쳤다는 것이다.

결국 공안(公安)이 개입을 해서 콘서트가 무기한 연기되는 사태가 벌어지고 말았다.

"고 회장님, 어떻게 된 것입니까?"

"최 이사님, 저, 그것이…… 콘서트를 반대하는 시위대들이 콘서트가 열리는 상하이 국제자동차경기장 입구를 막아 콘서트를 보러오는 사람들의 출입을 막았습니다. 그런데 오후 4시경이 되자 콘서트를 보러오는 사람들이 많아지기 시작하면서 설전이 벌어지더니 급기야 5시부터는 여기저기서 싸움이 벌어지기 시작했습니다. 그때까지는 사망자가 없었는데 공안이 출동을 해서 강제로 해산을 시키는 과정에서 공포탄을 쏘아대자 놀란 군중들이 현장을 급히 벗어나려다 밟혀서 죽거나 다친 것 같습니다."

"그래요? 내 생각에는 중국 정부에서 일부러 이러한 상황을 연출한 것 같군요. 우리 콘서트를 막을 길이 없으니 이렇게 해서라도 막겠다는 것이겠지요."

"설마요? 우리 콘서트를 막겠다고 자국 국민들을 죽이다니요? 설마 그럴 리가 있겠습니까?"

"중국 되놈들이 어떤 놈들입니까? 인구가 넘쳐 나니까 100~200명 죽어서는 눈 하나 깜빡하지 않는 놈들 아닙니까? 천안문사태 때만 해도 수천 명이 죽거나 부상을 당해도 꿈적하지 않았잖습니까?"

"그, 그렇지만……."

강권이 이렇게 말하는 것에는 나름 이유가 있었다.

그 이유를 말하자면 강권이 항모전단을 전멸시켜 버리

자 이에 앙심을 품고 있는 군부에서 계획적으로 이런 사태를 야기시켰을 것이란 거였다.

'해'가 현장 상황을 촬영해 놓았을 테니 그 영상을 분석하면 강권의 추측이 맞는지 틀리는지 알 수 있을 것이다.

"그나저나 아이들이 엄청 놀랐을 테니 아이들을 안심시켜 주는 게 우선적으로 해야 할 일 같습니다."

"저, 최 이사님, 아이들은 안정을 되찾았는데 어른들이 더 쫄아 있습니다."

"그게 무슨 말입니까? 아이들은 안정을 되찾았는데 어른들이 쫄아 있다니요?"

"저, 그러니까…… 리나 양이 최 이사님께서 중국의 항모전단을 박살내서 중국은 최 이사님을 두려워하고 있으니 조금도 걱정할 필요가 없다고 해서…… 저, 리나 양의 말이 사실인지요?"

예리나가 뮤즈 걸즈와 사차원 아이들이 벌벌 떨고 있으니 걱정하지 말라고 하면서 얼떨결에 이야기가 나온 모양이었다. 굳이 숨길 필요가 없는 일이지만 그렇다고 떠벌일 일도 아니어서 이렇게 알려진 게 강권을 씁쓸하게 만들었다.

기왕 알려졌으니 확실하게 알려줄 필요가 있을 것 같

아 백룡에 탄 사람들을 모두 오디션 스테이지에 모이게 했다.

"리나의 말에 반신반의하실 것입니다. 그런데 리나 말은 한 치도 거짓이 없는 사실입니다. 그 증거를 보여드리지요."

강권의 말에 다들 정말인가 보다고 소곤거렸다. 사실 투어에 참가한 가수들 대부분은 해외에서 콘서트를 한 경험이 있었기 때문에 입국 절차를 아예 무시해 버리는 이번 투어에 대해서 다들 이상하게 생각하고 있었다.

그러던 차에 리나가 뜬금없는 말을 하자 고개를 끄덕이면서도 설마하고 있었다. 그런데 강권이 증거를 보여주겠다고 하자 진실 쪽에 더 무게를 두게 되었던 것이다.

"그런데 그 증거를 보여드리기에 앞서 한 가지 다짐받을 일이 있습니다. 그것은 오늘 본 것을 다른 사람들에게 알리지 말라는 것입니다. 어느 나라도 두렵지는 않지만 굳이 그런 소문을 퍼트려 중국인들의 자존심을 건들 필요가 없기 때문입니다. 내 말을 이해하시겠습니까?"

"예. 이사님."

"옛썰, 이사 옵빠."

"예. 회장님."

"다들 약속을 했으니 그 증거 화면을 보여드리도록 하

겠습니다. 그럼 메인 스크린을 보시기 바랍니다."

'해'가 내보내는 화면은 가거도 앞바다에서 불법 외국 어선의 단속 활동을 벌이던 우리 해경 경비 함정이 중국 불법 조업 어선에서 쏜 바주카포에 맞아 격침되는 것으로 부터 시작되었다.

그 화면을 보는 사람들의 입에서는 자기도 모르게 육두문자들이 쏟아져 나오고 있었다. 팔은 안으로 굽는다고 우리 해경 함정이 격침되었기 때문이리라.

"저, 저럼 개새끼들 보게. 어떻게 저게 어선들이야? 해적선들이지."

"맞아. 저런 놈들이 어떻게 어부들이야? 저놈들은 어부들이 아니고 해적들이라고. 우리 정부가 너무 물탱으로 나가니까 저놈들이 저 지랄들을 하는 거라고. 저런 놈들은 완전 개박살을 내야 해."

"저런, 저런, 저 군인 총각들을 어떻게 해. 불쌍해서 어떻게 하냐고."

다음 순간 어디선가 미사일이 발사되고 10여 척의 중국 불법 어선들이 산산조각이 나서 바다에 수장이 되고 이제 남은 것은 두 척뿐이었다.

그 장면에서 환호와 박수가 쏟아지기 시작했다.

"와아! 브라보. 속이 다 시원하네."

"와하하하, 짱이다. 짱."

"저런 저 두 척은 도망가고 있잖아. 저놈들도 마저 침몰을 시켜야지."

이어서 보라매 편대가 남은 두 척의 불법 조업 어선은 물론이고 우리나라로 다가오는 두 척의 중국 함정들까지도 격침을 시켜 버렸다.

다시 쏟아지는 박수와 환호 소리.

그 박수와 환호에 부응이라도 하듯 이어지는 장면은 우리나라 쪽으로 접근해 오는 중국의 항공모함인 '스랑(施琅)'과 그 호위 함정들을 침몰시키는 장면이 나왔다.

그런데 이번에는 너무나 조용했다. 중국 불법 조업 어선들을 침몰시킨 것은 더블 액트 미사일이어서 화염과 폭발음 등의 생생한 현장감이 있었지만 이건 파동포에 당한 것이어서 너무나 순식간에 벌어진 일이고 화염과 폭발음이 전혀 없었기 때문이다.

그렇지만 서원명 대통령이 핫라인으로 중국에 전화를 해서 중국 국가 주석에게 항의를 하고 손해배상을 청구하는 화면이 나가자 믿지 않을 수도 없었다.

다들 어리벙한 가운데 희색이 만면해지는 순간 그렇지 못한 사람도 있었다.

당하는 입장인 중국인이 있었던 것이다.

강권은 순간 아차 하는 생각이 들었다.

'젠장, 사차원 멤버 중에 중국인이 있었지?'

하지만 이미 엎질러진 물이어서 그냥 넘어가기로 했다.

"이건 얼마 전에 실제 있었던 일이라는 것을 밝혀두겠습니다. 그래서 일본이나 중국의 입국 심사를 받지 않고 공연을 할 수 있었던 것이기도 하구요. 덧붙이고 싶은 것은 이 사태는 전적으로 중국 측의 잘못에서 비롯된 것이지 우리나라가 먼저 도발을 하지 않았다는 것입니다. 또한 이러한 불행한 사태가 앞으로 발생되지 않기만을 바랄 뿐입니다. 마지막으로 이 불행한 사태로 고인이 된 수천 명의 중국 군인들의 명복을 비는 바입니다."

강권은 이렇게 말하고 모여 있는 사람들을 해산시키고 고수원 회장을 조용히 불러 사차원 멤버 중의 중국인을 다독여 줄 것을 부탁했다.

"고 회장님, 내가 미처 중국인이 섞여 있다는 것을 생각지 못했습니다. 이거 어떻게 해야 좋을지 모르겠습니다."

"휴우, 저도 그것이 걱정입니다. 얼굴이 헐쑥해진 것이 엘리샤벳의 충격이 엄청 큰 모양입니다."

"아직 어린 아가씨라 심적 타격이 클 텐데 어떻게 다독여서 마음을 달래줘야 할 텐데 엄두가 나지 않습니다.

같은 멤버들을 불러 달래주라고 하는 게 좋을 것 같군
요."

"예. 제가 알아서 하겠으니 최 이사님께서는 너무 걱
정하지 마시기 바랍니다."

강권은 사차원 멤버들에게 가는 고수원 회장의 등을
보면서 상하이 사태를 일으킨 주모자를 찾아 엄벌에 처하
겠다고 이를 갈았다.

* '도깨비'

'도깨비'는 서원명의 전생의 인물인 윤미르가 만들어낸 일종의
무한 배낭으로 단위는 다이를 쓴다. 여기서 다이는 주사위를 가리키
는 말로, 1다이는 한 변이 각각 1m인 정육면체를 말한다. '도깨비'
는 게임에서 말하는 인벤토리 창과 같은 형식이어서 어떤 면에서 보
면 일반인들이 다루기에는 무한 배낭보다 편리하다.

〈3권, 제5장 참조〉

제8장
상하이 사태의 주모자를 찾아라

―주인아, 요 자식 요거 수상하다.

　'해'가 촬영한 상하이 국제자동차경기장 앞에서 시위대와 콘서트를 보러온 사람들 사이의 마찰을 보면서 '달'이 자기 의견을 피력했다. 다른 건 몰라도 '달'이 이런 것에는 엄청 예리하다는 걸 알고 있는 강권은 허투루 듣지 않았다.

　"그래? 어디 보자."

　―주인아, 보고 자시고 할 게 어디 있어? 콘서트를 보러온 자식이 입성이 저건 아니잖아?

　'달'의 말마따나 허름한 트레이닝복에 다 떨어진 운동화를 신고 있는 것이 콘서트를 보러온 사람의 행색치고는 영 아니었다. 보통 콘서트가 아니고 다른 콘서트보다 훨씬 비싸다는 걸 감안하면 좀 수상쩍은 구석이 있었다.

"좀 당겨봐."

—예. 주인님.

'해'가 그 사람을 줌인하자 눈짓으로 시위대와 뭔가를 한참 의논하다가 시비하는 것처럼 보였다.

"소리는 잡을 수 없지?"

—예. 주인님, 하지만 독순술로 저 사람이 무슨 얘기를 하는 것은 대충 알 수 있습니다.

"뭐라고 하는 거지?"

—예. 하루 일당이 어쩌고저쩌고 하는 것 같군요. 또 창대삼거리로 빠져나가서 미륜 찻집에서 기다리라는 것 같은데요.

"좋아. '달' 너는 첩보 위성을 사용하던지 아니면 해킹을 해서 CCTV를 확인하던지 니가 알아서 저 녀석을 뒤쫓아 봐. 알았지?"

—알았다. 주인아.

'달'이 의문의 사내의 행적을 뒤쫓는 동안 강권은 '해'와 화면에 시선을 고정시켰다.

어느 순간 화면은 난투극 상황으로 바뀌고 있었다.

그런데 이상한 것은 피가 난자한데도 피가 나는 부위

가 너무 매끈하다는 것이었다.

"저거, 저 순 생쑈 아냐? '해' 야, 저 피 흘리는 사람 좀 줌인 시켜봐."

"예. 주인님."

클로즈업시키자 상처 부위가 명확히 잡혔다. 분명 칼에 찔려서 피를 흘리는데 옷은 멀쩡했다. 격공검술(隔空劍術)을 쓴 게 아니라면 영화를 찍는데 쓰는 소품을 활용하는 게 틀림없었다.

"이런 개자식들 보게. 완전 영화를 찍고 있네. 찍고 있어."

—주인님, 아마도 외신 기자들의 카메라를 의식하고 있는 것 같습니다.

"니가 보기에도 그렇지?"

—예. 주인님.

"지금 문제가 될 만한 장면들을 녹화하고 있지?"

—예. 주인님, 이미 그런 장면들을 따로 모아두고 있습니다.

강권이 가만히 보니까 언뜻 보기에 시위대와 콘서트를 보러온 사람들의 싸움이 최대한 과격하게 보이도록 온갖 촬영 기법을 동원하고 있는 것 같았다.

그리고 화면은 사상자가 발생하는 공안들이 투입되는

장면으로 바뀌었다.

그런데 투입되는 공안들 가운데 군데군데 걸음이 이상한 자들이 섞여 있었다.

"'해' 야, 저 녀석 좀 클로즈업시켜 봐."

"예. 주인님.

'해도 좀 이상한 것을 느낀 듯 대번에 그런 녀석들을 찾아서 줌인을 시켰다.

아니나 다를까 그런 녀석들 중에서 상당수가 얼굴이 시뻘게져 있는 상태였다.

거나하게 취했다는 증거였다.

"이런 개자식들 같으니라고. 어떻게 시위 진압을 하러 가는 놈들에게 술을 먹여? 아예 작정을 했구먼."

강권이 잔뜩 열이 받아 있는데 '해' 가 거기에 휘발유를 살살 붓기 시작했다.

—주인님, 좀 이상합니다. 열나 싸우던 녀석들이 진압 공안들이 나타나자 슬슬 꽁무니를 빼려는 것 같은데요?

'해' 의 말에 화면을 보니까 엉겨 붙어서 싸우던 녀석들이 무언가 신호를 주고받으며 떨어진다. 그러더니 공안들이 허공을 향해 공포탄을 쏘기 시작하자 피를 철철 흘리던 녀석이 약속이라도 한 듯 쏜살같이 내빼고 있었다.

"금방에라도 죽어갈 것 같은 녀석들이 저렇게 뜀박질

할 수 있는 거야? '달'에게 저 녀석들도 추적하라고 자료를 넘겨. 알았지?"

─예. 주인님.

공안들이 나타나면서 장내는 슬슬 정리되어 가고 있었다. 그런데 갑자기 총성이 울리고 총에 맞아 픽픽 쓰러지자 삽시간에 아수라장이 되어가기 시작하였다.

"뭐, 뭐야? 정리되어 가고 있는데 거기에 대고 총을 쏴서 사살을 해? 이거 완전 미친놈들이로군. '해'는 당장 총을 쏜 놈과 그 총에 맞아 죽은 사람들을 찾아서 영상에 담아놔. 내가 가만두지 않을 거야!"

강권이 완전 꼭지가 돌아 버렸다는 것을 느꼈는지 '해'는 대답도 하지 않고 제 할 일만 했다. 선량한 제 동포를 죽여 가며 제 야욕을 차리려고 하다니 이럴 수는 없었다.

아무리 나쁜 놈들이라도 정도가 있지 않겠는가?

시위 진압에 임하는 공안들에게 취하도록 술을 먹일 때부터 뭔가 수상한 구석이 있었지만 이렇게까지 할 줄은 몰랐다.

5.18 광주 항쟁 때 특전사들에게 술을 먹여서 진압하게 하였다는 유언비어가 돌았지만 진실이라고 믿지는 않았다. 하지만 그런 경우를 직접 눈으로 목격하자 정말로

그럴지도 모른다는 생각도 들었다.

우리나라나 중국이나 권력을 움켜쥔 자들은 하나같이 인간 같지도 않은 무섭고도 더러운 자들이었다.

"중국을 뒤집어엎는 한이 있더라도 책임자들에게 반드시 죄의 대가를 치르게 하겠어."

강권은 '해'가 문제되는 부분의 편집을 끝내자 서원명 대통령에게 전화를 걸었다.

"각하, 따끈따끈한 초하지절(初夏之節)에 가내 두루 무탈하십니까?"

"하하하! 이봐 강권이 4월 중순에 무슨 초하지절 운운인가? 그리고 난데없이 각하라니? 자네 지금 뭐하자는 시추에이션인가?"

"큼큼, 정암이, 오늘 서울의 기온이 30도까지 올랐다고 해서 초하지절이라고 했고 또 각하를 각하라고 불렀는데 그게 무슨 잘못인가? 내 말이 어디가 틀렸는지 한 번 말해보게?"

"하하하! 알겠네. 말로 자네를 당해낼 사람이 어디 있겠는가?"

서원명 대통령은 잠시 침묵을 하더니 부드러운 어조로 말을 이었다.

"그런데 강권이 힘들지? 힘들면 그깟 콘서트 투어 일

랑은 때려치우고 그냥 돌아오도록 하게."

서원명 대통령은 본래 강권이 전화를 하면 용건만 말하는데 농담으로 대화를 시작하자 힘들어 그런다고 지레짐작을 한 것 같았다.

그런데 강권이 농담으로 시작한 것은 힘이 들어서가 아니고 한 번 대차게 사고를 치려는 생각이 있어서라는 걸 서원명 대통령이 어찌 알겠는가?

'이 친구 아직도 날 띄엄띄엄 보는 것 같군. 지금쯤은 어느 정도 나에 대해서 파악해야 하는 거 아냐?'

강권은 서원명 대통령의 진심이 담긴 위로에 마음이 훈훈하면서도 한편으로는 이런 생각이 들었다.

"큼큼, 정암이, 고마운 말씀이네만 자네는 나를 일삼오칠구로 보는 것 같구먼."

"하하! 강권이, 자네 그게 언젯적 개그라는 건 알고 하는 것이겠지?"

"각설하고 나 또 한 번 사고를 치려고 하네. 화면을 송출할 테니까 화면을 보고 나서 말을 하도록 하지."

"……."

서원명 대통령은 강권이 사고를 치겠다는 말에 할 말을 잊고 아무런 대꾸도 하지 않았다. 저번에 사고를 치겠다고 한 게 중국의 항모전단을 박살낸 것이니 이번에는

또 얼마나 크게 사고를 치려고 그러는가 하는 의구심도
들었으리라.

그런데 강권이 송출해 온 영상을 보면서 서원명 대통
령은 길길이 날뛰었다.

"아니, 어떤 개자식들이 저딴 극악무도한 행동을 한단
말인가? 내 당장 첸치후이에게 전화를 해서 항의를 해야
겠네."

"고맙네. 정암이, 그래도 일국의 원수인 첸치후이에게
내가 직접 항의를 하는 것보다 같은 지위에 있는 자네가
하는 게 모양새가 좋을 것 같아 영상을 송출한 것이네."

"알겠네. 그건 그렇고 강권이 자네 이번엔 도대체 어
느 정도로 사고를 치려고 마음먹고 있는 건가?"

"이번 사건과 관계있는 자는 설혹 첸치후이라도 가만
두지 않겠네."

"……."

서원명 대통령은 이번에는 정말로 대형 사고라는 생각
이 들었는지 섣불리 대꾸조차 하지 못했다. 자칫 잘못하
다가는 중국과의 전면전(全面戰)도 염두에 두지 않을 수
없는 사태로 번질까 두렵기 때문이었다.

강권이라는 존재, 특히 '보라매'와 파동포의 위력을
믿고 있기는 하지만 미국도 겁내하는 중국과의 전면전은

생각만 해도 살이 떨리는 상황이 아닐 수 없는 것이다.

한참 마음을 가라앉힌 서원명 대통령은 신중하게 말했다.

"알겠네. 내가 첸치후이에게 전화를 해서 최선책을 찾도록 할 테니까 섣부른 행동은 하지 말도록 하게. 내 강권이, 자네를 믿지만 노파심에서 하는 말이니까 너무 고깝게는 듣지 말도록 하게."

강권은 서원명 대통령이 중국과의 전면전을 염두에 두고 저렇게 말한다는 생각이 들자 씁쓸하면서도 한편으로는 나름 괜찮은 대통령이라는 평가를 내렸다.

고금동서를 막론하고 전쟁은 서민들의 희생을 강요한다. 그것은 승전국이 되었든 패전국이 되었든 매한가지다. 따라서 진정으로 백성을 사랑하는 지도자라면 마땅히 전쟁을 두려워하고 경계해야 한다. 이것이 바로 강권이 원하는 지도자상이기도 했다.

"하하! 알겠네. 나는 전쟁까지도 염두에 두고 있네. 전쟁이라고 해봐야 한나절이면 끝날 것이니 어떻게 보면 그건 전쟁이 아니고 일방적인 도살이지 뭐겠는가? 사실 나는 살생을 좋아하지 않네만 필요하다면 백 명이 되었든 천 명이 되었든 추호도 망설이지 않고 죽일 마음의 준비가 되어 있다네. 나를 살인마로 만들지 않으려면 자네가

수고 좀 해주게."

　강권이 이처럼 호언장담을 하는 것은 서원명 대통령이 첸치후이에게 조금도 꿀리지 말라는 일종의 배려 차원이었다.

　그런데 서원명 대통령은 강권의 호언장담에 이 기회에 중국을 차지해 버려 하는 되도 않은 상상까지 해보지만 이내 고개를 흔들어 삿된 생각을 날렸다. 강권이 왜 그런 말을 했는가 하는 생각이 스쳐 갔기 때문이었다.

　첸치후이는 새벽형 인간이었다. 그래서 무슨 일이 있어도 밤 10시 이전에 잠이 들고 새벽 4시 이전에 일어나 하루 스케줄을 소화한다.

　그런데 잠자리에 들어 있어야 할 하오 10시 12분에 대한민국 서원명 대통령으로부터 핫라인을 받고 전화를 받으러 일어나야 했다.

　[죄송합니다. 각하, 주석께서 잠자리에 들으셨다고 해도 워낙 막무가내여서 어쩔 수 없이 연결해야 했습니다.]

　첸치후이는 비서실장 양첸밍의 말에 절로 인상을 찌푸려졌다.

미국의 버라마 대통령이 되었든 일본의 노다 총리가 되었든 밤 9시가 넘으면 일체 전화를 하지 않았다. 했다 해도 첸치후이가 잠자리에 들었다면 상대가 알아서 전화를 끊었다. 그런데 서원명 이 인간은 끝까지 전화를 받게 만들었다.

성질 같아서는 호통이라도 치고 싶지만 그것 역시 첸치후이로서는 엄청 무리였다.

불과 1분도 되지 않은 시간에 항모전단 하나를 수장시켜 먹은 그날 밤, 그 사건 이후로는 대한민국의 대 자만 들어도 머리가 지끈거렸기 때문이다.

순간 첸치후이의 뇌리에 항모전단을 수장시켜 먹은 그날 밤이 떠올랐다.

'휴우, 이 인간과 전화 통화를 하고 나면 기분부터 나빠지니, 오늘은 또 무슨 일로 그럴라나?'

그날 밤을 생각하자 절로 한숨부터 나왔다.

[대통령 각하, 무슨 일로 야심한 시각에 전화를 주셨습니까?]

"주석 각하, 귀국에서는 자국의 국민의 목숨을 파리 목숨으로 생각하시나 봅니다."

혹시나 했는데 역시나라고 시작부터 비비 꼬인 말투로 신경을 거스른다.

'이 인간이 정말? 노다 정도만 되었어도 작살을 내는 건데…….'

물론 '노다'는 자기에게 감히 이런 말을 건넬 정도로 간이 크지 못했다.

설령 버라마라도 이런 무례한 말을 서슴없이 쓰지는 않았을 것이다.

[대통령 각하, 거 무슨 말씀을 그렇게…….]

"주석 각하, 지금 내가 보내드리는 영상을 보시고서 내가 왜 이런 말을 서슴지 않고 할 수 있었는지 판단해 보시기 바랍니다."

'허걱! 지금 이 인간이 말허리 자르기 마공까지 구사하다니…….'

첸치후이는 거의 패닉 상태에서 서원명 대통령이 보내 온 영상을 시청해야 했다.

"주석 각하, 화면으로 잘 보셨겠지만…… 귀국에서는 시위 진압 부대에 술을 먹여서 시위를 진압하러 보내십니까? 또 자발적으로 해산하고 있는 군중들을 향해서 발포하라고 실탄을 지급했습니까?"

[…….]

첸치후이는 서원명 대통령의 비꼬는 말투에도 불구하고 찍소리도 내지 못했다.

'내 나라 국민들에게 발포를 했는데 지가 왜 따져?'

순간 이런 의문이 들었는데 서원명 대통령의 다음 말에 그 생각도 쏙 들어갔다.

"주석 각하, 귀국의 국민과 공안이 합작을 해서 우리 국민의 한 사람인 Dr. Seer.와 그 밖에도 많은 스타들이 예정되었던 콘서트를 열지 못하게 되었습니다. 주석 각하께서는 과연 어떻게 책임지시겠습니까?"

이건 완전 시비조였다. 그렇지만 첸치후이는 그 무례함을 따지지도 못하고 화면에 코를 박고 얼굴을 붉혀야 했다. 화면에 갑자기 Dr. Seer.의 콘서트를 열지 못하게 만든 자들의 신상이 자막으로 뜨기 시작했기 때문이다.

이어서 군중들에게 발포한 자의 소속과 성명, 직책, 또 총상을 입고 죽은 사람들을 교묘하게 빼돌리는 자들의 소속과 성명, 직책 등이 상세하게 뜨고 있었던 것이다.

'아니, 어떻게 이렇게 빨리 신상 파악을 할 수 있지?'

첸치후이가 보고 받기로는 이 상하이 사태가 벌어지기 시작한 것은 오후 4시부터였고, 본격적인 사건으로 커지기 시작한 것은 오후 5시 이후라고 알고 있었다.

그렇다면 화면을 입수하고 분석해서 문제된 사람들의 신상을 파악하기까지 걸린 시간이 불과 5시간 안팎이라는 말이었다.

첸치후이는 대한민국의 정보 수집 능력에 혀를 내두르지 않을 수 없었다.

중국 국가안전부도 나름 정보 수집 능력이 있다는 평가를 받고 있지만 대한민국이 이 사건에서 보인 정도의 수준이라면 최저 5일 이상은 잡아야 할 것이라는 생각이 들었기 때문이다.

5시간과 5일의 격차, 그 차이는 분초를 다투는 정보 계통에선 평가 불가요, 죽음 그 자체였다. 이렇게 꿀리고 들어가니 첸치후이로서는 제대로 된 대응을 할 수 없었다.

결국 첸치후이는 무조건 항복을 할 수밖에 없었다.

[대통령 각하, 불행한 사태로 인한 책임은 전적으로 우리나라에 있으니 적절한 보상을 하도록 하겠습니다.]

잠이 확 달아난 첸치후이는 국가안전부장 왕밍밍을 불러 호통을 쳤다.

[도대체 어떻게 일을 이따위로 벌이도록 몰랐단 말이오?]

[주석 각하, 죄송합니다. 그 일은 군부가 벌인 일 같아서 책임자를 찾는데 최선을 다하고 있는 중입니다.]

왕밍밍의 이 말은 처벌 수위를 놓고 고민하고 있는 중

이라는 의미였다.

대한민국을 비롯해서 외국에서 파악을 하지 못했으면 유야무야 넘어갔겠지만 일단 대한민국에서 따지고 드니 어느 선까지 처벌하느냐를 놓고 군부와 실랑이를 벌이고 있다는 뜻이었다.

첸치후이는 왕밍밍의 말에 다시 한 번 짜증을 내며 국가비상회의를 소집하였다.

4월 15일 아침 9시.

중국 국가 주석인 첸치후이는 상하이 사태와 관련해서 특별 담화문을 발표했다.

[어제 상하이에서 대한민국 월드 스타인 Dr. Seer. 의 월드 투어 콘서트를 놓고 벌어진 찬반 양쪽의 다툼에서 30여 명이 죽고 1,000여 명이 부상당하는 비극의 사건이 일어났습니다. 이에 중국 정부는 콘서트 무산으로 실망한 월드 스타 Dr. Seer.와 KM 소속의 가수 분들에게 심심한 사의를 표합니다. 아울러 이 사태의 책임은 전적으로 중국 정부에 있음을 천명합니다.]

엄청 짤막한 이 특별 담화문을 놓고 세계 언론과 네티

즌들은 들끓기 시작했다.

　세계의 거인, 월드 스타 Dr. Seer.에게 사과하다.

　지난 100년 이래 그 어느 나라에도 고개를 숙이지 않았던 거인 중국이 월드 스타인 Dr. Seer.에게 고개를 숙였다. 미국 대통령도 받을 수 없었던 거인 중국의 주석에게 직접 사과 성명을 받은 Dr. Seer.의 명성은 한층 높아질 전망이다.

　……중략…….

뉴욕 타임즈.

　월드 스타 Dr. Seer. 중국의 기브스를 풀다.

　근세 말 이후에 중국은 어느 나라에도 뻣뻣한 자세를 일관했다. 그런데 일국의 국가 원수에게도 아닌 일개 자연인에 불과한 Dr. Seer.가 중국의 최고위 수뇌부에게 직접 사과 성명을 발표하게 하는 기적을 낳게 만들었다. 이는 ……중략…….

르몽드지.

　팝의 황제 Dr. Seer. 중국의 경배를 받다.

　중국은 역대 세계의 가장 중심국이란 자부심을 가지고 있다.

국호(國號)에서도 그걸 느낄 수 있을 것이다. 그런데 그런 중국의 국가 원수에게 직접 사과 성명을 하게 한 Dr. Seer.는 마땅히 팝의 황제라고 불러야 할 것이다. ……중략…….

런던 타임즈.

…….

oprt4032…… ; 우리 중국이 일개 가수에게 고개를 숙이다니 어떻게 이럴 수가…… 제발 꿈이기를…….

dssr5555…… ; 우리 공안 당국의 방해로 Dr. Seer.의 콘서트를 보지 못하다니. ㅠㅠ. 당국은 철저하게 책임자를 찾아서 엄벌해야 할 것임. Dr. Seer.여! 영원하여라.

kpopma3333…… ; 그 오만한 중국 정부가 사과 담화문을 발표하다니 역시 Dr. Seer.라고 하지 않을 수 없군. 지금도 Dr. Seer.의 팬이지만 앞으로도 계속 Dr. Seer.의 팬이 되지 않을 수 없군. Dr. Seer.의 팬으로서 나는 엄청 행복한 사람입니다.

…….

세계 유수의 신문사들이 중국 정부의 특별 담화문에 대해서 대서특필했고, 네티즌들이 떠들어댔지만 중국 정부는 더 이상의 발표는 하지 않았다.

하지만 스원성 중국 해군총사령관과 류화칭 제2포병사령관의 경질 소식은 그들이 상하이 사태의 주모자들이 아닌가 하는 추측을 낳게 했다.

어찌 되었든 Dr. Seer.의 명성은 하늘을 찌를 기세였고 덩달아 대한민국의 위상은 한층 더 올라갔다.

중국 정부가 나서서 Dr. Seer.에게 공식적인 사과를 한 것은 대한민국의 역량을 높이 평가하지 않았다면 있을 수 없는 일이었기 때문이다.

"최 이사님, 중국 정부가 사과 성명을 발표하다니 도대체 어떻게 된 일입니까?"

"하하! 고 회장님, 잘못을 했으면 사과를 하는 게 당연한 일이 아니겠습니까?"

"하지만 이제껏 전례가 없던 일이잖습니까? 미국이 떠들어도 눈 하나 깜빡하지 않던 중국입니다. 그런 중국이 우리 콘서트가 무산된 것에 대해서 사과를 하다니 정말이지 꿈만 같습니다."

"하하! 중국이 이제 철 좀 들려나 보네요. 그러면 동북공정이니 하는 따위의 헛지랄은 더 이상 하지 않겠군요."

고수원 회장은 어제 공연이 무산된 다음에 사후 처리를 고민하느라고 새벽녘에야 잠이 들었다. 그렇게 고민하고도 뾰족한 수도 생각해 낼 수 없었다.

그런데 아홉 시 조금 넘어서 한국에 있는 기획 이사에게 전화를 받자마자 기쁜 나머지 강권을 찾아온 길이었다. 아무래도 강권이 손을 쓴 것 같다는 생각이 들었기 때문이다.

'헐, 도대체 왜 이런다니? 이건 완전 남의 일 보듯 하는 게 아니고 뭐야?'

고수원은 이럴 때 보면 나이 어린 강권이 백년 쯤 살아서 세태에 완전 달관한 노인 같다는 생각이 들었다.

"최 이사님, 그럼 홍콩 투어와 싱가포르 투어도 예정대로 진행해도 되겠군요."

"그렇게 해도 되겠죠. 그나저나 나는 무산된 콘서트에 대해 중국 정부에 손해배상을 청구할 생각인데 고 회장님께서는 어떻게 하시렵니까?"

"예에? 중국 정부에 손해배상을 청구한다고요?"

"그럼 지들이 잘못했다고 자인을 했고, 모두 책임을 지겠다고 했으니 당연히 손해배상을 청구해야 하는 것 아니겠습니까?"

고수원 회장은 지금 강권이 제정신인가 하는 생각마저 들었다.

'아니, 어떻게 중국 정부에 손해배상을 청구할 생각을 한다는 거지?'

고수원의 경험상 중국은 법과 상식이 통하지 않은 곳이었다.

적법 절차를 밟아 만들던 KM 엔터테인먼트 중국 지부가 고위관료가 트는 바람에 무산될 뻔하다 적지 않은 뇌물을 바치고서야 설립한 경험이 불과 몇 년 전이었다.

그런데 몇 푼 안 되는(?) 이득을 챙기자고 중국 정부의 원성을 사는 것은 소탐대실이 아닐 수 없는 것이다.

"최 이사님, 정말로 중국 정부에 손해배상을 청구하실 생각이십니까?"

"예. 내가 빈말 하는 것 보셨습니까?"

"그럼 얼마나 청구하려고 하십니까?"

"콘서트를 하지 못해서 받은 손해와 위자료를 합해서 나는 삼천만 달러 정도 생각하고 있습니다. 회장님께서는 얼마나 청구하실 생각이십니까?"

"예에? 삼천만 달러나 청구하신다고요?"

삼천만 달러면 우리나라 돈으로 338억 원이었다. 고수원 회장은 터무니없이 세게 부르는 강권의 손해배상 청구액에 입을 딱 벌리지 않을 수 없었다.

강권은 깜짝 놀라는 고수원을 오히려 이상하다는 듯 되물었다.

"일본에서 이틀 공연에 벌어들인 돈이 공연 수익과 방송 개런티 등 이것저것 합하면 대략 1,000억 원이었지요? 그중에서 50%가 내 몫이니, 내 몫이 500억 원 아닙니까? 뻬이징 공연도 일본 공연과 비슷한 비율로 번 것 같은데 아닌가요? 그렇게 볼 때 상하이 공연이 무산되므로 인해서 내가 벌지 못한 돈은 250억 정도로 잡으면 되겠지요? 거기에 위자료를 합하면 대략 그 정도가 되지 않겠습니까?"

"……."

"KM 측의 손해배상도 내 기준에 따라 신청할까요?"

"그럼 손해배상을 얼마나 청구하시려는 것입니까?"

"수익이 50대 50이니 KM도 나와 똑같은 삼천만 달러를 천구하는 게 맞겠지요."

고수원 회장은 강권처럼 배짱을 부릴 수 없었다. 약을 먹지 않은 다음에야 어떻게 중국 정부를 상대로 삼천만 달러를 청구할 수 있겠는가?

고수원 회장은 고심 끝에 타협안을 내놓았다. 상하이에서 공연을 하지 않았으니 공연을 하지 못해서 받을 불이익을 중국 정부가 처리해 주는 조건으로 위자료만 청구하자는 것이었다.

"무노동 무임금과 같은 취지군요. 그럼 공연을 하지 못해서 벌어지는 모든 책임을 중국 정부가 전부 처리하는 것으로 하고 우리는 위자료만 챙길까요?"

"예. 최 이사님, 그게 맞을 성싶습니다."

"알겠습니다. 고 회장님, 그럼 그렇게 하도록 하겠습니다."

고수원 회장은 강권의 말에 안도의 한숨을 내쉬었다. 누울 자리를 보고 발을 뻗으랬다고 고수원 회장은 중국 정부를 상대로 거액의 손해배상을 청구하지 않게 된 것에 대해서 안도를 했다.

그렇지만 고수원 회장은 강권이 중국 정부를 상대로 위자료 조로 무려 이천만 달러를 청구할 것은 꿈에도 생각지 못했다. 그런데 이해가 가지 않은 것은 중국 정부가 아무 이의를 달지 않고 당일에 이천만 달러의 위자료를 강권의 계좌에 입금했다는 것이었다. 물론 천만 달러는 KM쪽 위자료였다.

한편 '환' 매니지먼트사의 황성윤 사장은 그날 저녁에 기자 회견을 자청하고 상하이 사태에 대한 '환' 매니지먼트사의 대책을 발표했다.

"우리 '환' 매니지먼트사는 Dr. Seer.의 상하이 콘서트로 인해 30여 명이 죽고 1,000여 명이 크고 작은 부상을 당한 것에 무한한 아픔을 느끼며 다음과 같은 대책을 마련했습니다. 우선 상하이 사태로 인해서 귀중한 생명을 잃은 유가족들에게 각각 100만 달러의 위자료를 지급하겠습니다. 둘째, 상하이 사태로 인해서 크고 작은 부상을 당한 팬들에게는 부상 정도에 따라서 위자료를 1~10만 달러를 차등 지급하고 그와는 별도로 부상자 가족의 생계를 위해서 치료 기간 중에 하루 100달러를 지급하도록 하겠습니다. 셋째, 앞으로 이와 같은 사태가 발생할 시에는 그 귀책사유 있는 나라와는 그룹 차원에서 일체 교류를 하지 않겠습니다. 이상입니다. 질문하실 분들은 질문하십시오."

"M일보의 주세혁 기자입니다. 지금 발표하신 '환' 매니지먼트사의 대책은 그룹 '환'의 CEO이신 최강권 회장님의 의지이십니까?"

"그렇습니다. Dr. Seer.로 활동하시는 우리 그룹의 최강권 회장님께선 이번 상하이 사태에 대해서 엄청 마음 아파하십니다. 그래서 불미스런 사태로 인해서 귀중한 목숨을 잃으시거나 다치신 분들에게 조금이나마 위로의 뜻을 전하시고자 자비 1억 달러를 쾌척하신 것입니다. 회장님께선 귀중한 인명을 돈으로 대체할 수는 없겠지만 그분들의 유족들을 조금이나마 도울 목적으로 위로금을 전당하신다고 말씀하셨습니다."

[뉴욕 타임즈의 헤이스팅스 기자입니다. 앞으로 이와 같은 사태가 발생할 시에는 그 귀책사유 있는 나라와는 그룹 차원에서 일체 교류를 하지 않겠다고 하셨는데 그것은 어떤 의미의 발언입니까?]

"우리 회장님께선 콘서트를 신성한 예술 활동으로 보고 있습니다. 따라서 신성한 예술 활동을 저해하는 무도한 자들과는 일체 교류를 하지 않겠다는 것입니다. 그 말은 우리 '환' 그룹의 기술력의 지원을 받지 못한다는 것과 그룹 차원에서 운영하는 비영리 재단인 '홍익인간'의 수혜를 일체 받지 못한다는 것도 포함하고 있습니다. 참고로 말씀드리자면 그룹 차원에서 운영하는 비영리 재단인 '홍익인간'은 해마다 그룹 '환'의 전체 수익의 10% 이상이 출자되고 있습니다."

[AP 통신사의 리카르도 기자입니다. 재단법인 '홍익

인간'은 그룹 '환'의 CEO이신 최강권 회장께서 40억 달러를 출자해서 만든 것으로 알고 있습니다. 작년에 그룹 '환'에서 얼마나 출자했는지 알려주실 수 있겠습니까?]

"작년에 그룹 '환'에서 '홍익인간'에 출자한 총액은 15억 8천만 달러 정도입니다."

수익의 10%가 15억 8천만 달러라는 의미는 작년 그룹 '환'의 총 수익은 158억 달러라는 말이나 다름이 없었다. 제조업의 수익을 보통 매출의 10%로 봤을 때 그룹 '환'의 작년 매출이 대략 1,580억 달러라고 볼 수 있었다.

물론 이것은 순전히 추정치에 불과했다. 그룹 '환'의 CEO인 최강권 회장이 불가사의한 인물인 것처럼 그룹 '환'도 불가사의 그 자체였다.

다른 기업과는 달리 그룹 '환'은 자사의 매출에 대해서 일체 외부에 언급을 하지 않았고 기업 공개를 하지 않은 그룹 '환'의 특성상 외부에서는 그걸 알 길이 없었던 것이다.

약 1시간에 걸쳐서 진행된 기자 회견은 '환' 매니지먼트사에서 일방적으로 기자 회견을 마침으로써 끝이 났다. 이 기자 회견으로 Dr. Seer. 앞에 성인(聖人)을 의미하는 St.를 추가하는 사람들마저 생겨났다.

또 하나 의미심장한 대목은 Dr. Seer.에 대한 중국 정부 당국의 적개심이 상당히 줄어들었다는 점이었다.

쌩돈 2천만 달러를 위자료 조로 날렸다고 투덜대던 중국 고위 관계자들이 최강권이 배짱 좋게 거금 1억 달러 상당을 중국 국민들에게 쾌척하자 그 불평이 쏙 들어가게 되었던 것이다.

아무튼 상하이 사태로 인하여 Dr. Seer.의 명성은 한층 더 업그레이드되었다.

그래서인지 홍콩 투어와 싱가포르 투어를 비롯해서 나머지 아시아 투어는 공전절후의 성황리에 끝이 났다.

총 10회를 기획했던 Dr. Seer.의 아시아 투어는 상하이 투어가 불상사로 인해서 열리지 못해서 총 9회가 열렸지만 총인원 78만 3천 명이라는 관중 동원을 기록하였다. 이는 회당 8만 7천 명의 유료 관중이 입장했다는 놀라운 것이었다.

제9장
콘서트와 함께 축구를(2)

유럽 투어의 첫 공연 장소는 터키의 수도 앙카라였다.

그런데 가는 날이 장날이라고 하필이면 예매를 시작하기 바로 전날부터 리히터 규모 8.3의 강진이 터키를 급습해 버렸다. 그리고 진도 6이상의 여진이 계속되었다.

본래 터키는 유럽판과 아프리카판, 아시아판이 서로 부딪히는 곳이어서 지진이 심심찮게 발생하는 곳이었다. 상황이 이렇게 되자 티켓 판매가 지지부진이었다.

물주인 서부 유럽인들이 터키로 오기를 꺼려했기 때문이다.

또한 강권 역시 지진이 계속되는 곳에서 콘서트를 여는 것에 부담을 느껴 터키 측과 협의 끝에 결국 터키 투어는 없는 것으로 하는 수밖에 없었다.

"터키가 형제의 나라라 마음먹고 도와주려고 했는데 상황이 여의치 않군요."

"그러게 말입니다. 그래도 최 이사님께서 구호 성금을 무려 1억 달러나 쾌척을 하셨으니 터키인들이 최 이사님의 마음을 알아주겠지요."

"하하하, 내 마음을 알아주라고 구호 성금을 쾌척한 것은 아닙니다만 어째 씁쓸한 생각이 듭니다."

"그나저나 최 이사님께서는 투어를 하며 계속해서 돈을 쓰고만 계시니 옆에서 보고 있는 제가 마음이 영 답답합니다."

고수원 회장이 하는 말은 중국에서 1억 달러를 썼는데 다시 터키에서 본의 아니게 1억 달러를 구호 성금으로 냈다는 의미였다.

Dr. Seer.가 중국 상하이 사태 피해자들을 위해서 1억 달러를 낸 것으로 인해서 콘서트 티켓이 다른 콘서트보다 훨씬 비쌌음에도 불구하고 아무 이의를 달지 않았으니 KM측은 엄청난 수혜를 입고 있었다.

그런데 다시 터키 지진에 1억 달러를 쾌척하자 유럽의 콘서트 티켓은 연이은 매진 사례를 기록하고 있었다. 그러니 고수원이 미안할 수밖에 없는 것이다.

"그나저나 우리 축구선수단 애들의 실망이 이만저만이 아닌 것 같으니 무슨 수를 써야 할 것 같습니다."

"최 이사님, 다음 투어가 그리스 아테네 아닙니까? 아직 시간도 있고 하니까 아테네 올림픽 경기장에서 터키 국가 대표 팀과 경기를 갖게 하는 것이 어떻습니까?"

"터키가 응할까요?"

"응하지 않으면 응하게 만들어야지요. 누리축구단과 터키 국가 대표 팀 간의 친선 축구대회를 열고 여기에서 나온 수익금 전체를 터키 지진 구호 성금으로 보낸다면 터키 쪽에서 백 번이고 응하지 않겠습니까? 가능하면 우리 아이들 몇 개 그룹도 콘서트에 버금가는 공연을 하도록 하겠습니다. 그럼 티켓 판매도 어느 정도 이루어질 것 같으니 꽤 괜찮은 생각이 아닙니까?"

고수원 회장의 생각은 정말 그럴싸했다. 터키와 그리스의 경제에 도움이 되게 하려고 터키 투어와 그리스 투어의 간격을 1주일 두었던 것도 상당히 도움이 되었다.

아시아의 마지막 투어인 인도 뭄바이 투어부터 계산한다면 그리스 투어의 시작 날은 무려 12일의 여유가 있다는 점도 티켓 판매에 상당히 유리하게 작용했다.

터키 쪽에 의사 타진을 해서 오케이 승낙을 받고 유럽 전역에서 티켓을 100유로에 예매하기 시작했다. 정식 투어의 거의 7분지 1 가격이었다.

장소는 다음 투어 예정지인 아테네 올림픽 경기장이었
다.

Dr. Seer.도 공연을 하는데 너무 헐값이어서 처음에
는 사기를 치는 줄 알았는지 예매를 거의 하지 않았다.

그런데 강권이 프랑스 연예 TV에 출연해서 터키 지진
구호를 위하여 자선 콘서트 형식을 빌어서 친선 축구대회
를 개최한다고 하자 30분도 안 되어 7만 1천 석, 전 좌
석이 매진되었다.

축구장 대관료 등의 비용을 제외하고도 무려 600만
유로의 수익이 생겨 이를 전액 터키 지진 구호 성금에 기
탁했다.

5월 1일 터키 국가 대표 팀과의 친선 경기를 앞두고
누리 축구단 선수들은 엄청 긴장을 하고 있었다. 터키는
피파 순위에서 우리나라보다 대부분 위에 있는 나라고,
2002년 월드컵에서도 우리나라에 3:1로 이겨 3위를 차
지한 바 있었기 때문에 더 그럴 것이다.

터키의 축구 스타일은 강한 압박수비를 하면서 상대의

빈틈이 보이면 번개 같은 기습으로 득점을 하는 전형적인 수비형의 축구를 구사한다.

터키와의 경기는 누리 축구단 감독인 김장한의 실질적인 데뷔 무대이기도 했다.

김장한 감독은 비록 후보이긴 했지만 청소년 국가대표 팀에 선발되기도 했다.

그렇지만 대학교 2학년 때 교통사고로 하반신이 마비되어 선수 생활을 접어야 했던 비운의 선수였다.

김장한 감독이 누리 축구단의 감독이 된 것은 누리 스포츠 센터 원장인 정윤술과 고등학교 동기동창이라는 인연 때문이었다.

하반신이 마비는 되었지만 축구로 박사 학위를 딸 만큼 해박한 축구 이론을 가진 김장한을 강권에게 천거를 해서 강권이 발탁했던 것이다.

"장한아, 내일 경기 어떨 것 같아?"

"하하, 윤술이 너도 참. 터키 국가 대표 팀은 우리나라 국가 대표 팀도 한 번도 이겨본 적이 없는 강호 아냐? 그런데 어떻게 결과를 장담할 수 있겠냐? 최선을 다하면 좋은 결과가 나오겠지."

"그렇긴 하지만 우리 회장님께서 엄청 기대하시는 것 같아서 말이야."

"그래? 장담은 할 수 없지만 아이들이 겁먹지만 않는다면 적어도 진다고 생각지는 않아. 우리 애들이 스펙만 제대로 발휘한다면 어떤 팀과 맞붙어도 지지 않을 전력을 갖고 있는데 문제는 경험이야. 너도 알다시피 우리 애들은 전부 이제 겨우 20살, 21살짜리들 아냐? 그런 애들이 산전수전을 다 겪은 성인 대표 팀과 붙어서 이긴다는 장담을 어떻게 할 수 있겠냐?"

"하긴? 하지만 순수하게 걔들에게만 투자한 돈이 얼마인지나 알고 있냐? 한 사람당 거의 2억을 투자했어. 걔네들에게 지급한 연봉을 제외하고 말이야. 우리 회장님께서 그만큼 투자를 하셨는데 어느 정도 성과를 보여야 하지 않을까?"

김장한 역시 모르는 바는 아니었다. 한 달에 한 번 꼴로 지급하는 산삼과 동충하초 등은 차치하고라도 차가버섯이나 영지버섯 등의 약초 다린 물을 음료수로 복용시키며, 개개인의 체질에 맞는 한약도 상시 복용시켰다는 것을 알고 있었다.

그 결과 축구 선수로서 최적의 체질로 바뀌어가고 있는 상태였다.

김장한은 이런 것을 떠올리자 불현듯 승부욕이 샘솟아오르는 것을 느꼈다.

"윤술아, 우리 애들이 최소한 회장님께 실망을 안겨드리지는 않을 거라고 확신한다. 상대가 비록 성인 국가 대표 팀이고, 우리 국가 대표 팀이 한 번도 이겨보지 못한 팀이지만 이번만큼은 기필코 이겨 보이겠어."

"그래. 그렇게 이긴다는 신념을 가지고 임해야 좋은 결과를 얻을 수 있을 거다. 내일 좋은 경기를 부탁한다."

"알았어. 최선을 다할게."

❖ ❖ ❖

누리 축구단과 터키 국가 대표 팀과의 경기는 의외로 많은 TV 방송국에서 중계를 했다.

우선 누리 축구 선수단이 Dr. Seer.가 키우고 있는 선수들이고, 이 선수들이 6월 중순에 있을 '온누리배 국제축구대회'에 참가하는 선수들이라는 게 상당히 어필을 했다.

또 터키 지진 피해를 도울 구호 성금을 모으는 자선 축구대회 성격을 띠고 있다는 점에서도 많은 관심을 나타냈다.

마지막으로 경기 전후와 하프 타임 등의 자투리 시간을 이용해서 Dr. Seer.와 K—Pop의 산실이랄 수 있는 KM 소속 가수들의 공연이 벌어진다는 점도 적지 않게 작용을 했다.

5월 1일 오후 2시 반, 아테네 올림픽 스타디움.

7만 1천여 명을 수용할 수 있는 스타디움을 빽빽하게 메우고 있는 관중들의 시야에 순백의 비행선이 나타났다.

순백의 비행선은 스타디움 10여 미터 상공에 멈춰 서더니 비행선의 하부에서 무대를 토해냈는데 그 무대 위에 Dr. Seer.가 모습을 나타냈다.

Dr. Seer.가 출현하자 스타디움을 가득 메운 관중들이 일제히 자리에서 일어나 세인트를 연호하기 시작했다.

불과 보름 사이에 무려 2억 달러라는 거금을 기부하고 얻은 칭호였지만 근 8만여 명에 달하는 관중들이 연호하자 강권은 기분이 째졌다.

관중들의 연호는 무려 3분 동안이나 계속된 후에야 잦아들어 겨우 오프닝 멘트를 시작할 수 있었다.

[친애하는 팬 여러분, 여러분의 성원에 진심으로 감사를 드립니다. 여러분의 성원에 힘입어 '우정과 축구'라는 이름으로 공연을 시작하게 되었습니다. '우정과 축구'라는 컨셉의 이 공연이 성공적으로 끝날 수 있도록 여러분의 협조를 부탁드리겠습니다.]

강권이 먼저 영어로 멘트를 하자, 그 다음엔 '해 와

'달'이 번갈아 독일어와 프랑스어, 스페인어, 이탈리아어로 같은 내용의 멘트를 했다.

이렇게 5개 국어로 오프닝 멘트를 한 것은 이들 국가의 TV 방송국에서 거액의 중계료를 내고 중계를 하기 때문이었다.

['우정과 축구'의 오프닝 무대는 K—Pop의 요정들인 뮤즈 걸즈가 열도록 하겠습니다. 여러분, 뜨거운 박수로 뮤즈 걸즈를 맞이해 주십시오.]

뮤즈 걸즈는 관중들의 열렬한 환호에 고무가 된 듯 그녀들의 히트곡인 Shot와 The Ambitious를 연달아 열창을 했다.

늘씬한 각선미를 뽐내며 각이 꽉 잡힌 환상적인 군무는 8만여 관중의 마음을 완전 사로잡았다. 거의 반수에 육박하는 관중들이 자리에서 일어서서 뮤즈 걸즈의 노래를 따라 부르고 안무까지도 거의 비슷하게 따라했다.

그만큼 유럽에서도 뮤즈 걸즈의 인기가 높다는 것을 증명하는 대목이었다.

뮤즈 걸즈의 뒤를 이어 나온 그룹은 동방지존이었다.

동방지존은 한때 그룹이 해체되기도 했지만 다시 뭉쳐 K—Pop의 강자로서의 위엄을 뽐내고 있는 중이다.

동방지존이 무대 위에 나타나자 상당수의 여자 관중들

이 오빠를 외쳐 댔다.

강권은 유럽에서 한국어로 오빠라는 말을 듣자 가슴이 뿌듯해졌다.

동방지존 역시 그들의 히트곡인 Pilot와 The Angel을 칼 군무에 맞춰 열창을 했다.

남성 그룹의 안무는 워낙 파워 있게 추는 춤이라서 따라서 하기가 어려운데도 적지 않은 관객들이 안무를 따라하는 열성을 보이고 있었다.

뮤즈 걸즈와 동방지존의 공연이 진행되는 동안 누리축구단 선수들은 긴장한 감독으로부터 터키 국가 대표 팀과의 경기에서 주의할 점을 다시 듣고 있었다.

벌써 1주일 전부터 터키 국가 대표 팀의 경기를 보면서 선수들의 장단점에 대해서는 귀에 못이 박히게 들었고, 시뮬레이션 기법으로 수없이 대적을 한 상태여서 최종적인 점검에 불과할 것이었다.

"터키는 주로 442 전술을 사용해서 극단적인 압박 수비로 상대의 허점을 유도해서 빠른 역습으로 득점을 하는 팀이다. 제일 주의해야 할 선수는 제2의 하지로 불리는 아르다 투란이다. 비슷한 체형을 가진 경호가 맡아라. 또한 볼 배급 능력이 뛰어난 누리 샤힌 역시 꽁꽁 틀어막아야 할 선수다. 누리 샤힌은 수민이가 맡아라. 이 두 선수에게만 전담 마크를 하고 나머지는 지역 방어를 써서 유기적으로 협력 수비를 해야 한다. 경호, 수민이 자신 있지?"

"예."

"강호는 원톱으로 재만이와 치수의 발에 볼을 떨어뜨려 주는 것이 주 임무다. 물론 네가 직접 골을 넣어도 된다. 공격은 너희들 셋이서 책임을 진다고 생각하고 되도록 하프라인을 넘어오지 마라. 알겠지?"

"예."

"사실 너희들은 지구상의 어느 팀과 붙어도 이길 수 있는 능력을 갖고 있다. 문제는 너희들이 얼마만큼 긴장을 하지 않고 너희들의 능력을 발휘할 수 있느냐이다. 최선을 다해서 즐기면 된다. 알겠지?"

"예."

누리축구단 선수들이 긴장한 감독으로부터 주의를 듣고 있는 동안 터키 대표 팀 선수들은 운동장에 나와서 뮤즈 걸즈와 동방지존의 공연을 보는데 열중이었다.

그래도 명색이 A 대표 팀인데 고등학교를 갓 졸업한 애들에게 질 이유가 없다는 자만심도 나름 있었다. 대한민국의 A 대표 팀한테도 한 번도 지지 않았는데 몇 급 아래인 팀에게 질 리가 없다는 확신이었다.

드디어 동방지존의 공연이 끝나고 두 팀의 선수들이 운동장에 나와 몸을 풀기 시작했다. 이제 몇 분 후면 누리축구단으로서는 역사적인 경기가 시작되는 것이다.

특이한 것은 누리축구단 선수들 11명이 이상한 군무를 추며 몸을 푼다는 것이었다. 바로 무극18세였다.

그런 것을 알지 못하는 터키 선수들이 그것을 보고 배꼽을 잡고 웃었다.

[킬킬킬, 야! 쟤들 봐라. 쟤들 축구를 하러 온 거냐? 댄스 공연을 하러 온 거냐?]

[푸훗, 냅둬. 망둥이가 뛰니까 꼴뚜기도 뛰는 거 아냐?]

[낄낄낄, 냅둬. 어차피 한 수 배우겠다고 온 애들을 너무 기죽이지 마라.]

그런데 그들의 웃음이 이내 수치로 바뀌게 될 줄은 아무도 알지 못했다.

삐익!

주심의 휘슬 소리와 함께 터키의 선축으로 경기는 시작되었다.

휘슬이 울리자 할릴 알튼 톱이 세미흐 션뷔르크에게 패스한 볼을 다시 누리 샤힌에게 넘어가려는 순간에 정수민이 잽싸게 가로챘다.

세미흐의 패스가 잘못되었다고 하기 보다는 정수민이 10초대의 빠른 발을 갖고 있어서 인터셉트가 가능했다고 봐야 한다.

정수민은 잡자마자 빠르게 앞으로 달려 나가는 송태진에게 패스를 했다.

송태진은 170cm의 단신이었지만 누리축구단 선수 중에서 가장 빠른 주력을 가지고 있었고 정확한 센터링이 일품이었다.

송태진은 전방을 향해 빠르게 몰고 가다 페널티 에어리어 외곽에 위치해 있는 김강호의 머리를 보고 볼을 띄웠다.

김강호가 187cm인 적지 않은 키였지만 김강호의 앞을 가로막고 있는 세르베르체틴은 그보다 5cm나 더 큰 192cm였다. 김강호와 세르베르체틴이 공을 보고 뛰어올랐다.

그 순간 관중들의 입에서 탄성이 터져 나왔다.

[와!]

[와! 죽인다.]

[와! 농구 선수 해도 되겠다.]

관중들의 입에서 탄성이 터져 나온 이유는 김강호가 무려 115cm의 고공 점프를 선보였기 때문이었다.

김강호는 그 고공 점프로 자기보다 5cm나 더 큰 세르베르체틴을 여유 있게 따돌리며 공을 성재만의 발 앞에 정확히 떨어뜨렸다.

성재만은 자신의 바로 앞에 공이 떨어지자마자 논스톱으로 슛을 날렸다.

철렁.

성재만의 강력한 슛은 골키퍼 불칸이 손 쓸 사이도 없이 구석으로 정확히 빨려들었다.

삐익!

주심의 골 인정의 휘슬 소리와 함께 스코어는 1:0.

시작한 지 불과 22초 만에 벌어진 일이었다.

뜻밖의 기습 선제골을 당한 터키 선수들은 다들 너무 어이가 없다는 표정이었다.

사실 이렇다 할 실수가 없이 먹은 골이었기에 더욱 어이가 없었을 것이다.

이때까지만 해도 관중들은 축구 경기에는 그다지 관심이 없었다.

바로 얼마 전에 그들의 우상인 Dr. Seer.와 뮤즈 걸즈, 영웅지존들이 그들에게 모습을 보였기 때문이었다. 아마 특별한 일이 발생되지 않는다면 축구 경기는 맥이 빠진 경기가 되기 십상일 것이다. 엄청난 거물들의 앞선

자취가 그만큼 버거웠기 때문이다.

　이번 킥 역시 할릴 알튼 톱이 세미흐 션튀르크에게 패스하는 것으로 터키의 반격이 시작되었다. 세미흐는 이번에는 샤힌 대신에 아르다 투란에게 패스를 했다.

　그런데 이번에는 아르다를 맡고 있는 오경호가 잽싸게 인터셉트를 했다.

　오경호 역시 11초 F라는 상당히 빠른 발을 갖고 있었다. 오경호는 10여 미터 정도 툭툭 치고 나가더니 역시 김강호에게 볼을 띄웠다. 김강호는 이번에도 월등한 고공 점프력을 발휘해서 세르베르체틴을 여유 있게 따돌리며 백 헤딩으로 박치수에게 패스했다.

　성재만에게는 정확하게 슈팅할 수 있도록 떨어뜨려 주었는데 비해서 박치수에게 보내는 이번 패스는 박치수의 몸에서 상당히 멀리 떨어뜨려 주었다는 점이 달랐다.

　173cm로 송태진과 더불어 누리축구단의 단신 듀오를 구성하고 있는 박치수는 순발력을 바탕으로 한 화려한 개인기가 장점이었기 때문이다.

　박치수는 볼을 잡자마자 플리플랩으로 메흐멧트랄을 가볍게 제치고 사포를 사용해서 사브리 사브올루를 따돌리며 떨어지는 공을 논스톱으로 구석에 차 넣었다.

철렁.

이로서 2:0, 경기가 시작되고 불과 1분 사이에 벌어진 일이었다.

그리고 박치수가 펼쳐 보인 일련의 이 환상적인 장면은 전광판에 연이어 리플레이되면서 관중들의 성원을 이끌어내고 있었다.

브라질 특급 선수들이 구사하는 플리플랩보다 더 자연스럽고 호날드보다 더 호날드다운 사포는 관중들의 탄성을 자아내기에 충분했다.

[와! 와! 최고다. 뺀질이.]

[와! 메스보다 나은 것 같다.]

[나 어떻게! 반한 것 같아. 뺀질이, 나이스.]

관중들이 전광판에 리플레이되는 박치수의 화려한 개인기에 엄청 즐거워했다.

그리고 입장할 때 받았던 누리축구단 선수들을 소개하는 팸플릿에서 스펙을 보고는 다함께 박치수를 연호하기 시작했다.

그런데 어찌 된 일인지 박치수가 아니라 뺀질이였다.

[나이스 뺀질이, 나이스나이스 뺀질이, 나이스나이스 나이스 뺀질이!]

팸플릿에 나온 박치수의 별명이 뺀질이였는데 이름보

다 더 눈에 띄었기 때문에 뺀질이가 무슨 의미인지도 모르는 외국인들은 이름이려니 생각한 것이리라.

이렇게 박치수의 응원가 '뺀질이 송'이 탄생되었다.

그리고 박치수의 '뺀질이 송'이 관중들의 합창으로 불려지면서 관중들의 경기 몰입도가 눈에 띄게 달라졌다.

삽시간에 두 골을 먹은 터키 선수들이 전원 공격으로 나서려 했지만 성재만, 김강호, 박치수 삼인방은 어찌 된 일인지 상대편 진영에서 꼼짝도 하지 않았다.

세 명을 버려두고 전원 공격해 나가자니 너무 껄끄럽고 수비수를 남기자니 애매한 것 같아 터키 선수들은 엉거주춤할 수밖에 없었다. 그때 터키 감독으로부터 극단적인 오프사이드 작전이 시달되었다.

이미 두 골이나 먹은 상황이어서 터키는 극단적으로 오프사이드 작전을 쓰며 공격의 고삐를 바싹 조일 수밖에 없었던 것이다.

이렇게 극단적인 공격으로 나선 터키 10명에 수비하는 누리축구단 선수는 골키퍼를 포함해서 8명에 불과했다. 누리 축구단의 공격 삼인방이 상대편 진영에서 구경만 하고 있었기 때문이다. 그런데도 터키의 공격은 제대로 이루어지지 못했다.

자신을 얻은 누리축구단의 선수들이 완전히 몸이 풀려 한 수 위의 순발력으로 상대의 공격을 적시에 차단하고 있었기 때문이다.

특히 터키 공격의 시작점이나 다름없는 아르다 투란과 누리 샤힌이 오경호와 정수민에게 꽁꽁 묶여 꼼짝을 할 수 없는 것이 치명적이었다.

10여 분 동안 헛힘을 쓰던 터키에게 이번엔 위기가 찾아왔다.

누리축구단에서 가장 빠른 주력을 가진 송태진이 잽싸게 인터셉트를 해서 빠르게 상대 진영으로 몰고 들어갔다. 전광판에 송태진이 인터셉트한 장면이 비치자 관중들의 입에선 [런 발발이]가 연호되기 시작했다.

[런 발발이, 런런 발발이, 런런런 발발이.]

박치수가 뺑질이가 되고 송태진은 세계의 발발이로 거듭나는 순간이었다.

상대 진영에 3명의 우리 선수가 있었지만 관중들의 '발발이 송'에 고무된 듯 송태진 선수는 패스를 하지 않고 혼자 몰고 들어갔다. 송태진이 패스를 하지 않으니 오프사이드와는 상관이 없는 상황이 되었다.

졸지에 터키 골키퍼를 앞에 두고 우리 선수 네 명이 마주하는 좀처럼 보기 드문 기이한 상황이 연출되었다.

결과는 성재만의 골로 상황이 종결되었다.

전광판에 성재만이 골 넣는 장면이 계속 비치자 관중들의 입에선 [골 더러코]가 연호되었다. 전기 면도기가 등장하기 전까지 면도날의 대명사가 바로 OO코였다.

성재만의 숏이 그만큼 예리하다고 해서 붙여진 별명이 더러코였던 것이다.

[골 더러코, 골골 더러코, 골골골 더러코.]

이로서 3:0, 경기가 시작되고 불과 11분 만에 벌어진 일이었다.

세 골을 먹은 다음부터는 터키가 과격하게 나오기 시작했다. 하지만 그것은 터키의 팀워크가 무너지는 계기가 되어 한 수 위의 순발력과 월등한 체력을 갖고 있는 누리 축구단 선수들에게는 오히려 더 경기하기가 수월해졌을 따름이었다.

결과는 전반에만 무려 6골을 몰아넣어 6:0, 압승 모드였다.

전반이 끝나자 예리나가 무대에 나섰다.

원래는 모아의 무대로 예정되어 있었지만 터키 선수들이 너무 과격하게 나오는 바람에 예리나의 봉황음으로 조금 식혀주려는 의도가 담겨 있었다.

이어서 벌어진 후반전 경기.

친선 축구 때문인지 일곱 명까지 교체가 가능했고, 누리축구단 선수들은 일곱 명이 교체되는 진풍경이 벌어졌다.

별로 뛰지 않았던 공격 삼인방과 골키퍼를 제외하고 전부 바뀌었다. 일곱 명의 선수들이 바뀌자 누리축구단의 스타일이 완전 달라졌다.

전방에만 박혀 있던 공격 삼인방도 가세해서 스페인과 같은 점유율을 높이는 축구를 구사했다. 전반전에서의 볼 점유율이 터키가 6, 누리축구단이 4였다면 후반전에서의 볼 점유율은 누리축구단이 7이 되고 터키는 3에 불과했다.

그렇게 만들어진 완전한 작품 세 개. 결과는 9:0, 완승.

터키와의 친선전은 세계 축구계에 누리축구단의 위상을 확실하게 심어준 무대였다.

그리고 혜성같이 나타난 다섯 명의 슈퍼스타.

뺀질이 박치수, 더러코 성재만, 발발이 송태진, 쌕쌕이 오경호, 장달이 김강호였다.

다른 선수들도 못하지는 않았지만 누리축구단 선수들

을 소개하는 팸플릿에 별명을 써 넣은 다섯 명은 그들의
별명을 이용한 응원가가 불리며 스타가 되었던 것이다.

물론 그런 상황을 연출한 사람은 강권이었지만 말이다.

강권이 '달'을 이용해서 전광판을 활용하지 못했다면
결과는 확실하게 달라졌을 것이다. 또 '달'이 순간적인
기지를 발휘해서 '뺀질이 송'을 만들지 않았더라면 그들
다섯 명은 그저 축구 좀 한다는 정도의 인상만 심어주었
을 것이다.

하지만 그들만의 노래가 만들어지고, 그 노래가 불러
지자 관중들의 가슴속에 깊은 인상을 심어주게 되어 전혀
다른 결과를 낳았다.

또한 단순히 Dr. Seer.의 인기 때문에 TV로 방영되
었던 누리축구단과 터키 국가 대표 팀 간의 친선 경기는
너무 예상 밖의 결과 때문에 재방을 통해 전 세계로 방영
되었다.

미국의 M—TV, 프랑스의 TF3—TV처럼 스포츠 전
문 채널이 아니고 음악이나 오락 방송에서 촬영이 된 녹
화 영상은 ESPN처럼 스포츠 전문 방송국에 의해서 해
설이 더빙되는 특이한 케이스로 재방이 결정되었던 것이
다.

❖ ❖ ❖

"축하한다. 오늘 경기는 완전 너희들이 지배했다."

"감사합니다. 회장님."

"오늘 특별히 너희들에게 와인을 한 잔씩 쏘겠다."

"에이! 회장님도 쩨쩨하게 와인 한 잔이 뭐예요?"

감히 강권의 말에 딴죽을 거는 겁대가리를 상실한 이 친구는 누리축구단에서 우측 풀백을 보고 있는 전광선이 었다.

그 순간 눈에서 불이 난 정윤술은 강권이 옆에 있다는 것도 의식하지 못한 채 자기도 모르는 사이에 호통이 나왔다.

"야! 투덜이 녀석아! 회장님께서 내리시는 와인 한 잔이 얼마나 비싼지나 알고 있어? 와인 한 잔에 1만 달러가 넘어? 1만 달러. 알기나 해?"

순간 누리축구단 선수들은 너무 놀란 나머지 입을 다물지 못했다.

연봉은 4,500만 원이지만 그들이 받는 실 수령액은 3,000만 원 정도니까 1년 벌어도 와인 세 잔을 살 수 없기 때문이었다.

"하하! 정 원장, 애들을 너무 다그치지 말도록 하게."

"예. 죄송합니다. 회장님."

"좋아. 자네에게는 내가 특별히 두 잔을 주지. 대신에 두 잔의 와인을 마시고 내일 기상 시간에 늦는다면 자네는 한 달 동안 특별 훈련을 받아야 돼. 약속할 수 있겠나?"

"예. 회장님. 감사합니다."

이제 졸지에 투덜이가 된 전광선은 당연히 내가 술이 세지는 않더라도 설마 와인 두 잔쯤이야 이런 생각을 가졌다. 그렇기 때문에 그 와인 한 잔이 어지간한 보드카 한 병을 먹는 정도로 취하게 만들 수도 있다는 것은 전혀 상상조차 하지 못했다.

또한 이 약속으로 투덜이 전광선은 자기의 한계를 몇 번이고 경험한 끝에 무결점 방패, 인간방벽으로 거듭나는 계기가 될 줄은 꿈조차 꾸지 못했다.

와인 바리끄가 개봉이 되는 순간 어떻게 냄새를 맡고 왔는지 와인 애호가인 고수원 회장이 KM 소속 스타들을 끌고 환영회장에 나타났다.

그리고 예정되어 있는 식신들의 참치와 꽃등심 타령.

"이사 옵빠님, 꽃등심이요오옹."

"이따 옵빠, 뚜형이 땀치여."

누리축구단 선수들을 의식한 듯 두 신식들의 심각한 주부애가 작렬이 되고 여기에 원조 주부애 햇살이의 주부애마저 가세가 되었다.

"이사 옵빠, 저도 와인이 먹고 자파요옹."

꽈당, 꽈당, 꽈당!

이들의 필살기에 누리 축구단 선수들이 단체로 넘어지는 참변이 발생했다.

그렇지만 확실한 것은 피비린내보다는 흐뭇한 봄바람이 솔솔 불었다는 사실이었다.

술이 등장하면 노래와 춤이 빠질 수 없는 법.

KM 소속 스타들의 즉석 공연이 펼쳐지고 그 답례로 누리축구단 선수들의 장기가 이어지기 시작했다. 그런데 이 흥겨운 분위기와는 전혀 상관이 없는 몇몇 식신들의 식탐 행위. 이 식탐 행위는 누군가에 의해서 먹기 자랑으로 승화되었다.

"흠, 좀 먹는 것 같은데. 그렇지만 우리 식신한테는 못 이길 걸."

"허! 거 무슨 말씀. 덩치를 보세요. 거의 세 배나 차이가 나잖습니까? 세 배."

"거 모르시는 말씀. 식신은 덩치와는 전혀 상관이 없어요. 내기해도 좋아요. 아무리 덩치가 좋아도 우리 식신은 때려 죽여도 못 이깁니다."

"좋습니다. 고 회장님, 우리 내기하죠."

"저도 좋습니다. 정 원장님. 내기합시다."

고수원 회장과 정윤술 원장의 내기는 졸지에 KM 엔터테인먼트와 누리 스포츠 센터로 번져 갔다.

"내기에는 판돈이 걸려야 하는 법. 고 회장님께선 무얼 걸겠습니까?"

"나는 우리 애들의 콘서트 티켓을 걸겠습니다. 앞으로 벌어지는 모든 콘서트의 티켓을 제공하겠습니다."

"좋습니다. 저도 티켓으로 하지요. 앞으로 우리 누리 스포츠단에서 벌이는 모든 경기의 티켓을 모두 제공하겠습니다."

"콜."

"저도 콜입니다."

와인이 들어가고 알딸딸해지자 두 사람은 어린아이처럼 이김질에 재미를 들였다.

그 이김질은 두 단체에 속한 사람들까지 가세해서 사인 CD와 사인 운동복이 판돈으로 걸리고 있었다.

'휴우, 인간들하고는.'

강권은 그들의 하는 양을 바라보며 혀를 끌끌 찼다.

그렇다고 그들의 하는 짓거리들을 말릴 생각은 추호도

없었다.

이렇게라도 그들이 쌓인 스트레스를 풀었으면 하는 생각이 있었기 때문이다.

4월 초부터 시작된 콘서트 투어를 위한 백룡에서의 합숙.

집 떠나면 개고생이라는 말처럼 아무리 시설이 잘되어 있다고는 하지만 백룡이라는 한정된 공간 안에 근 한 달 동안 갇혀 있었으니 온전할 리 없다.

누리축구단은 그보다는 조금 덜 합숙을 했지만 터키와 경기를 한다는 부담감에서 엄청 힘들었을 것이다.

이런 부담감을 털어내지 않는다면 알게 모르게 마음의 병이 되어 종내는 자신의 존재감마저도 부인하는 사태를 야기할 수도 있을 것이었다.

식신들의 향연은 거의 20인분에 해당하는 두 식신이 혼자서 각각 4kg의 참치와 꽃등심을 아작 내면서 누리 스포츠단의 항서를 받아냈다.

'어떻게 인간의 몸으로 4kg를 먹을 수 있은 거야? 쟤들은 인간이 도저히 아니여. 누가 지었는지 식신(食神)이라는 별명을 잘 붙이긴 붙였네.'

강권은 혼자말로 이렇게 중얼거리며 오디션 스테이지

로 갔다.

'해'가 하는 일이니 별일이야 없겠지만 그래도 진행 상황을 확인할 필요가 있겠다는 생각이 들어서였다.

백룡 안에서는 음주가무가 한창인데 아테네 올림픽 스타디움에는 '해'가 연출하는 홀로그램에 몰입되어 있는 관중들의 열기로 가득했다.

실물보다 더 실물처럼 보이게 하는 '해'의 놀라운 편집 기술.

8만여 명, 16만여 개의 눈으로도 전혀 실물인지 홀로그램인지 알아차리지 못했다.

하기야 기계인 중계 카메라까지도 실제 공연 현장으로 인식하고 있었으니 사람이 어떻게 알아차릴 수 있겠는가?

"와! 와!"

"모아! 모아! 모아!"

'해'가 모아의 '아틸란티스 레이디'를 보여주고 있는지 8만여 관중들이 모아를 연호하고 있었다. 원래는 예리나의 무대가 되어야 할 차례였다. 이제 모아의 노래가 한 곡 더 끝나면 강권이 두 곡의 노래를 부르는 것으로 '우정과 축구'는 끝이 날 것이다.

강권이 메인 스크린으로 관중들을 보고 있을 때 등에 물컹한 느낌이 다가들었다.

"리나니?"

"……."

강권은 대답을 하지 않은 리나의 두 팔을 끌어와 가슴에 안았다.

그런데 조금 이상했다. 리나의 팔 높이와는 사뭇 달랐던 것이다.

강권은 기를 운용해서 뒤에 있는 사람의 기를 확인했다.

'이런 제기랄! 아무리 방심했기로서니 이런 실수를 할 수가 있단 말이야?'

강권을 뒤에서 끌어안은 사람은 모아였던 것이다.

강권이 팔을 풀려고 하자 모아가 애절하게 말했다.

"최 이사님, 잠깐만 이대로 계셔주실래요?"

강권은 모아의 애절한 부탁에 아무런 행동을 할 수가 없었다.

'어휴……'

외전
다섯 명의 슈퍼스타

1. 뺀질이 박치수

"젠장, 잘 먹어야 크는데……."

오신 중학교 축구부인 박치수는 자신의 작은 키에 한숨을 쉬었다.

중학교 3학년인데도 겨우 168cm밖에 되지 않았기 때문이다.

누구보다 공을 잘 찰 자신이 있는데 만년 후보로 늘 벤치를 지키고 있는 이유는 자기의 키가 작기 때문이라고 생각했던 것이다.

박치수가 이런 생각을 하는 이유는 초등학교 때는 당당히 주전으로 뛰었고, 꽤 잘나간 영향도 무시하지 못했다.

초등학교 5학년 때 166cm로 당시에는 꽤 큰 축에 속했고 주전으로 전국대회를 재패하는 멤버가 되기도 했었다. 그 때문에 전국 4강권 안에 드는 오신 중학교에 스카우트되는 영광을 누리기도 했었다.

2학년 때까지만 해도 더러 시합도 뛰었는데 3학년이 되면서 아예 벤치워머로 고정이 되어 버렸다. 시합에 뛸 수 없으니 스포트라이트를 받을 기회가 전혀 없었고, 결국 고등학교 때는 일반 학생으로 학교를 갈 수밖에 없었다.

그런 줄만 알고 있었는데 고등학교에 입학하고 얼마 지나지 않아서 아버지가 술을 먹고 들어와서 박치수를 붙잡고 대성통곡을 하는 것이었다.

"흑흑흑, 이 아비가 못나서 너를 이렇게 패배자로 만들고 말았구나. 흐으윽……."

아버지가 왜 그렇게 울었는지를 박치수가 안 것은 그로부터 1년 뒤였다.

엄마와 아버지가 자기 얘기를 하면서 중학교 3학년으로 올라갈 때 감독이 500만 원을 주면 계속 주전으로 삼겠다고 했다는 것이다. 어려운 형편에 엄마의 항암 치료를 해야 하는 박치수의 가정 형편으로는 500만 원은 불가능에 가까웠다.

박치수는 오기가 생겼다. 그래서 다니는 학교의 축구 감독에게 죽기 살기로 매달려서 후보가 될 수 있었다. 돈이 없으니 몸으로 때운다고 생각하고 남보다 몇 배 노력했다.

나름 효과가 있었는지 3학년 때는 주전이 부상당하면 게임도 뛸 수 있었고, 게임에 뛰면 어떤 일이 있어도 골을 넣었다. 그럼 주전이 될 수 있다고 믿었기 때문이다.

그런데 또 똑같은 상황에 봉착하게 되었다.

부상당해서 게임을 뛸 수 없다던 성재만이 부상을 당한 게 아니고 감독이 요구하는 돈을 주지 못했기 때문에 게임을 내보내지 않는다는 것을 알게 되었던 것이다.

사실 박치수가 보더라도 성재만의 슈팅 능력만큼은 발군이었다.

반 박자 빠른 슈팅과 정확성은 누구에게도 인정받을 수 있을 정도였다.

그런데 주전으로 내보내지 않고, 또 성재만에 대해서 문의를 해오면 심각한 부상이라고 둘러대니 그것으로 관심은 굿바이일 수밖에 없었다.

초등학교 때부터 축구 선수로 살아왔던 박치수나 성재만이 고3 일 년을 공부한다고 해서 공부로 대학을 간다는 것은 언어도단이었다.

실로 엿 같은 세상이었다.

"시발, 꼰대야, 잘 먹고 잘살아라."

"존만아! 나는 싫어. 꼰대들아! 그렇게 돈 처먹다 배 터져 뒈져 버려라."

"하하하! 니 말이 맞다. 치수야."

이렇게 동병상련의 둘은 죽이 맞아서 함께 싸질러 돌아다녔다.

때로는 아르바이트를 해서, 때로는 애들에게 삥을 뜯기도 하면서 술도 마시고 클럽에도 다녔다. 축구와 담을 쌓고 살면서 새로운 세상이 있다는 것을 알게 되었다.

그것은 달달한 쾌락의 세상이었다. 축구를 할 때의 금욕 생활과는 달리 주체할 수 없는 욕망이 꿈틀대는 세상이었다. 둘은 10여 년 동안 축구 선수로 다져진 하체로 제비계에 입문을 해 나름 재미를 보았다.

주로 팔린 것은 물론 당당히 183cm로 루저를 벗어난 성재만이었다.

겨우 168cm인 박치수는 여자들의 선호 대상이 아니었던 것이다.

성재만이 여자를 후리면 박치수는 *아부리를 까서 여자들을 재미있게 해주었다.

그때 만들어진 별명이 뺀질이였다.

다행스러운 것은 박치수가 나름 잘생겼고, 하체는 튼실하다는 것이었다.

　그런데 제비도 아무나 하는 것이 아니었다.

　오로지 축구만을 생각하다 얼떨결에 제비가 되어 좀 재미를 볼 만하다 꽃뱀에 걸려 옴팡 뒤집어쓰게 되었다.

　겨우겨우 사정을 해서 클럽 기도를 보는 것으로 타협을 보았다.

　그리고 우연하게 찾아온 한 번의 기회.

　박치수는 그 기회를 잡아 누리 스포츠단에 들어갈 수 있었다.

*야부리

　'야부리'의 어원은 '야발: 태도나 말씨가 괴상하고 얄궂으며 되바라진 것'에서 왔다는 설이 가장 타당성이 있다고 봅니다.

　그러니까 '야발' 〈 '야바리' 〈 '야부리'가 됐다는 것이지요.

중학교 입학할 때만 해도 성재만은 평범한 학생이었다.

공부도 중간, 키도 중간, 생긴 것도 평범, 그 자체였다.

중1 서울 방학 때 키가 부쩍 사라서 180cm가 되어버리자 세상이 완전 달라지기 시작했다. 큰 키 덕분에 중2 때부터는 반대표가 되어 각종 시합에 불려 다녔다.

농구도 하고, 배구도 하고, 족구도 했다. 심지어 축구 골키퍼까지 했다.

운명이 그에게 축구 선수가 되라고 손짓을 한 것은 반대항 결승전 0:0 상황에서의 마지막 공격의 프리킥 상황에서 헤딩을 하러 나갔을 때였다.

제대로 헤딩을 하지 못해 볼이 자기 앞에 떨어지는 것을 얼떨결에 차 넣어 결승골을 넣게 되었다. 분명 성재만 스스로는 실수였는데 옆에서 본 것은 머리로 볼을 떨어뜨려 논스톱 슛을 날린 모습이었다.

"허! 저놈 보게. 저런 놈이 어떻게 축구부에 들지 않은 거야?"

축구부장인 교무주임에 찍혀 강제로 축구부원이 된 성재만은 지역 라이벌 경기에서 교체 멤버로 들어가 결승골의 주역이 되었다.

그 역시 빗맞아 절묘한 곡선을 그리며 행운의 골이 되었는데 보는 사람들의 평가는 절묘한 스핀킥이었다.

그 다음부터는 당당하게 주전을 꿰차게 되었다. 성재만의 아버지는 아버지의 성화에 고1 때까지 하던 축구 선수를 아쉽게 포기한 때문이었는지 전폭적으로 밀어주었다.

그 덕에 축구 실력도 일취월장 늘기 시작했다. 스타덤에 올라서 맛 본 환희를 잊지 못해서 성재만 역시 죽어라고 연습을 한 결과이기도 하였다.

중3 때는 주전으로 전국 대회에 모교를 준우승을 이끌만큼의 실력이 되니 고등학교는 문제가 없었다.

그런데 운명이라는 것은 부침이 있게 마련이어서 고2

때 아버지가 사업에 실패를 하고 울화병으로 돌아가시면서 성재만의 인생이 꼬이기 시작했다.

아버지가 살아 계실 때만 해도 축구부 후원의 큰손으로 당당히 대접을 받았는데 그렇지 못하자 당당한 실력으로 꿰어 찬 주전 자리를 내주는 경우까지 생기게 되었다.

급기야 대학 입학에 결정적인 역할을 하는 고3 때에는 아예 붙박이 벤치워머 신세가 되어 버렸다. 성재만은 자기 자리를 빼앗은 박치수를 고깝게 생각하고 따로 조용히 불러 열나 패 버렸다.

182cm, 83kg의 당당한 체구를 가진 성재만이 168cm, 55kg인 박치수를 패는 것은 일도 아니어서 분이 풀릴 때까지 팬 다음에 어쩌다 자기 신세를 털어놓았다.

"야! 씨발아, 내가 부상을 당해서 네가 뛰게 된 거라고? 웃기지마, 짜식아. 이게 다 돈이 없어서 그런 거라고. 알기나 알아?"

"이 존만아! 니 돈이 없어서 주전 자리를 뺏긴 것과 나하고 무슨 상관이 있는데 나를 패 이 씁새야, 니 똥 참 굵다. 이 씨방새야, 너만 그런 줄 알아. 나도 돈 500만 원이 없어서 특기생이 되지 못했다. 그런 건 모르지?"

성재만은 박치수란 녀석은 자기보다 더 불쌍한 신세라

는 걸 안 그때부터 박치수와 절친이 되기로 작정을 했다. 아무 이유도 없이 팬 게 미안한 것도 작용했을 것이다.

그 다음부터는 축구를 잊기로 하고 공부를 해서 대학을 가기로 했다.

하지만 성재만이나 박치수나 공부와 담을 쌓은 지 몇 년째여서 엄두가 나지 않았다.

기초가 제대로 되어 있지 않으니 투자하는 시간만큼 능률이 오르지 않았던 것이다.

결국 둘은 의기투합해서 싸돌아 다녔다. 전단지도 붙이고 때론 주유소 아르바이트도 하면서 번 돈은 족족 유흥비로 탕진했다.

고등학교 학생임에도 학교는 축구부여서 열외요 축구부에선 돈줄이 아니어서 무관심이어서 결석은 해도 따박따박 출석 체크가 되는 판국이어서 걸릴 게 없었다.

그러던 어느 날 또 한 번 운명의 요동이 있었다.

주유소에서 아르바이트를 하고 있었는데 주유를 하던 성재만의 축구로 다져진 몸매에 반한 줌마가 꼬리를 친 것이다.

그 줌마는 돈깨나 만지는 세컨드여서 아르바이트로 용돈을 조달하는 성재만에게는 불행 끝 행복 시작인 듯싶었다.

"누님, 누님." 하면 용돈도 두둑했고, 생전 가지 못했던 호텔까지 드나들게 되었다.

그런데 이 세컨드라는 게 자유로울 때는 엄청 자유롭지만 영감이 오게 되면 철장에 갇힌 신세가 되게 마련이었다.

그리고 한 번 쾌락에 빠진 다음에는 그 쾌락을 잊지 못한다.

그것은 아직 성장하지 못한 청소년기 일수록 그 폐해가 심각하다.

결국 성재만은 박치수를 꼬여 클럽을 전전하며 현지 조달을 부르짖게 되었다.

남자답고 듬직한 성재만과 예쁘장하고 말 주변이 좋은 박치수는 환상의 콤비가 되었다. 하지만 순진한 성재만과 박치수에게 제비는 한계가 있었다.

클럽에 가서 양주와 고급 안주를 잔뜩 시켜 놓은 꽃뱀들에게 걸려 둘은 옴팡 뒤집어쓰게 된 것이다. 술값과 안주, 봉사료를 합해 무려 380만 원.

범털인 줄 알고 합석을 했던 꽃뱀들이 성재만과 박치수가 개털임을 안 순간 아무 말도 하지 않고 날라 버렸던 것이다.

성재만은 그날 뒈지는 줄 알았다.

그를 구한 것은 박치수의 야부리였다.

"형님들, 몸으로 때우게 해줘요."

"허허, 고놈들하고는."

결국 그렇게 둘은 클럽에서 잔심부름에, 기도에 온갖 궂은일을 하게 되었던 것이다.

그리고 우연하게 축구를 했다는 걸 알게 된 클럽 사장이 누리 스포츠단에 들어갈 수 있도록 힘을 써주었다.

　송태진은 고아다.

　태어나면서 곧바로 남의 집 앞에 놓여 있었고 업둥이
도 되지 못하고 고아원으로 보내졌다. 고아원도 도시에
있었으면 좀 나았으련만 강원도 산골의 오지에 있었다.

　어떻게 보면 송태진에게는 그것이 더 나았을지도 모른
다. 원장 아버지가 그래도 원생들을 돈으로 보지 않고 순
수하게 온정을 베풀었기 때문이다. 나중에 알게 된 사실
이지만 치부의 목적으로 기업적으로 고아원을 차린 사람
들이 엄청 많다고 한다.

　산골에 살면 좋은 것은 산에는 먹을 것이 꽤 많다는 것
이다.

나쁜 점은 병원에서 치료받을 기회가 그만큼 줄어든다는 것이다.

송태진의 발발이란 별명의 빌미를 준 것도 따지고 보면 후자 때문이었다.

어렸을 때 다리를 다쳤는데 치료할 시기를 놓쳐 걸음이 좀 부산스러워서 발발이로 불리게 된 것이다. 키가 제대로 크지 못한 것도 아마 그것 때문일 거다.

반면에 좋은 점도 있었다.

산에 살면서 몸에 좋은 온갖 약초를 먹을 수 있었고, 스테미너에 좋은 뱀도 자주 먹을 수 있었던 것이 그것이었다. 또 송태진이 겨우 170cm의 단신이면서도 10초 83이라는 놀라운 주력을 가질 수 있게 된 것은 온갖 약초를 먹은 것과 고지대에서 살았다는 점에서 혜택을 본 때문일 것이다.

송태진이 축구와 인연을 맺게 된 것은 고1 때 전남 와이번즈 선수단이 체력 훈련을 겸해서 강원도 산골로 전지훈련을 온 게 처음이었다.

고1이었지만 아직은 여리고 순수해서 저만치 앞서가는 와이번즈 선수들을 순식간에 따라잡으면서 감독의 눈에 들었다.

와이번즈 감독은 송태진이 고아란 것을 알고는 원장

아버지에게 겨울 방학 동안 데리고 있겠다는 허락을 받고 광양으로 데려갔다. 10초 83이라는 놀라운 주력에 탐이 난 감독은 시험 삼아서 방학 동안 송태진에게 축구를 가르쳐 보았다.

눈썰미가 있었던지 송태진은 꽤 따라했다. 그렇게 해서 방학 때마다 광양으로 가서 와이번즈 구단에서 생활을 하며 축구를 배울 수 있었다.

그리고 만18세가 된 고3 때는 감독의 권유로 와이번즈 구단과 자매를 맺고 있는 고등학교로 전학까지 오게 되었다.

그런데 감독과의 인연은 거기까지였던 모양이었다.

감독이 성적 부진으로 잘리고 난 다음에 송태진은 끈 떨어진 매 신세가 되었다.

당연히 축구는 할 수 없게 되었고, 축구부에서 잘리면서 고등학교를 중퇴할 수밖에 없었다. 부모 복이 없는 놈의 초년 인생은 그게 정석이었다.

그나마 다행인 것은 와이번즈 선수들과는 꽤 알고 있어서 그들의 주선으로 와이번즈의 잡무를 담당하는 자리를 꿰어 찰 수 있었다.

송태진으로서는 그나마 다행이었다.

쥐꼬리 만큼이긴 하지만 돈도 벌면서 좋아하는 축구도

할 수 있었으니 말이다.

더욱더 행운은 와이번즈 축구단에서 계속 생활했던 때문에 누리 스포츠단 소식을 알 수 있었고 응시할 수 있었던 것이다.

송태진은 누리 스포츠단의 회장이란 사람의 눈에 들어 누리 스포츠단에 합격하는 행운을 거머쥐게 되었다.

—송태진 합격! 이 친구는 최고의 반열에 오를 관상을 타고 났다.

또한 야수성(野獸星)을 타고 났으니 최고의 선수가 될 자질은 충분하다. 더구나 고아라는 게 이 친구의 성취욕을 불러일으킬 것이다. (최강권)

외전
4. 쌕쌕이 오경호

　쌕쌕이 오경호는 누리 축구단에서는 최고로 혜택을 받은 케이스였다.

　축구인을 아버지로 둔 오경호는 어려서부터 체계적인 축구 훈련을 받았고, 부친에게서 뛰어난 유전자 또한 물려받았다.

　그런데 물려받지 않아도 될 독불장군의 성격까지 물려받았다.

　축구 실력은 발군이었지만 성격이 워낙 개차반이어서 경기를 하다가 주심에게 대들기도 예사였고, 마음에 들지 않으면 동료들하고도 싸우기 일쑤였다.

　그러다 보니 청소년 대표에 발탁이 되었지만 아무도

그를 스카우트하지 않으려 했다.

그 결과 실력이 뛰어났음에도 대학도 못 가고, 프로 팀에서도 고개를 절레절레 저었다. 결국 고등학교를 졸업했지만 축구 선수로서의 생명은 거기가 끝일 뻔했다.

그렇지만 좋은 부모를 만난 덕분에 그에게 하나의 기회가 찾아왔다.

누리 스포츠 센터의 정윤술 원장이 오경호 아버지의 후배였던 것이다.

"경호야, 이것이 너의 마지막 기회다. 아빠 후배의 말을 들어보니까 네가 들어가려는 곳은 그룹 '환'에서 엄청 투자를 한다고 그러더라."

"그룹 '환'이요?"

"왜 있잖아? '미리내'라는 비행기를 만든 곳 말이다."

"아! 거기요? 그런데 그 그룹에서 프로팀을 만드나요?"

"후배 말을 듣기로는 보통 프로 팀이 아니라더라. FC 바르셀로나나 맨유보다 더 좋은 프로 팀을 만들려고 그러는 것 같더라."

"에이, 설마요? 그렇게 좋은 팀을 만들려는데 나 같은 것을 뭐하러 스카우트하겠어요?"

"니가 어때서? 키가 178cm에 주력이 11초 F이면 하드로서는 최상급이라고 볼 수 있어. 게다가 나이도 아직 있으니 충분히 가능성이 있지 않겠냐?"

오경호는 아버지의 말을 액면 그대로 믿지는 않았다.

'우리나라에서 제일가는 프로팀이면 몰라도 어떻게 메스가 뛰는 FC바르셀로나나 맨유에 비기겠어? 그렇게 된다면야 나야 좋지만……'

이때까지만 해도 오경호는 그냥 노느니 염불한다는 심정으로 시험에 응했다.

그리고 누리 스포츠단에 당당히 합격을 했다.

그런데 그의 합격에는 그의 아버지와 정윤술 원장의 야합이 게재되어 있는 줄은 전혀 알지 못했다.

"선배님, 경호를 나름 조사했는데 경호의 성질머리를 고치기 전에는 도저히 합격점을 줄 수가 없습니다. 제가 모시는 분은 워낙 철저하신 분이시라서 경호 같은 녀석은 도저히 용납을 하지 않은 분이어서요."

"윤술아, 인간 하나 구제한다 치고 제발 합격을 시켜다오. 나한테는 하나밖에 없는 아들이잖니? 으응?"

"휴우, 선배님, 그럼 한 가지 다짐을 받을 게 있습니다."

"뭔가?"

"훈련이 좀 빡셀 것이거든요. 그리고 일단 합격을 시

키면 예외 없이 통과를 시켜야 하는 거거든요. 그래서 그런데…….""

"무슨 말인지 알겠네. 자네에게 맡기겠네. 때려 죽이지만 않는다면 뭐든 눈 찔끔 감고 참겠으니 제발 합격이나 시켜주게."

"좋습니다. 선배님. 분명히 약속하셨습니다."

결론은 경호가 죽었다고 복창하는 것이었다.

훈련 교관들은 겉으로는 호리호리하게 보여도 실제로는 하나같이 뒷골목에서 침깨나 뱉고, 방귀깨나 끼던 자들이었다.

그들의 훈련 방법은 일단 복종이 안 되면 뒈지게 패는 것이었다.

성질머리 더러운 오경호는 항상 시범 케이스로 걸려 교보재가 되어야 했다.

교보재의 역할은 한 대 맞으면 뼈골까지 욱신욱신하는 매를 뒈지게 얻어터지는 일이었다. 그런데 이상한 것은 엄청 얻어맞는데도 상처 하나 없다는 것이었다.

오경호가 환장하는 것은 일단 교관들에게 찍히자 맞는데 이유가 없다는 데 있었다.

쳐다보면 째려본다고 맞고, 쳐다보지 않으면 수업 태도 불량이라고 맞는다.

대답이 크면 반항한다고 맞고, 대답이 작으면 그게 대답하는 거냐고 맞고 아무튼 아침부터 저녁까지 비오는 날 먼지가 날리도록 얻어터졌다.

어느 정도 맞으면 맷집이 생기는 게 정상일 텐데 이놈의 교관들에게 맞는 매는 맷집과는 영 딴 나라 이야기였다.

도망을 가려고 하지 않은 것도 아니었다.

세 번이나 도망을 쳤는데 훈련원을 벗어나 그때마다 10분도 지나지 않아 잡혔다.

결국 오경호는 모든 것을 포기할 수밖에 없었다.

그런데 교관들이 그걸 어떻게 알았는지 그 다음부터는 전혀 때리지 않았다.

훈련원에 입소한지 딱 1개월째 되는 날이었다.

그 다음부터는 훈련원이 그렇게 편할 수 없었다.

집에서는 꿈도 꿀 수 없을 정도로 엄청 잘 먹고 달마다 통장에 250만 원이 입금이 되었다.

"젠장, 포기하면 이렇게 편한데…… 머리가 나쁘면 몸이 고생한다니까."

장달이 김강호는 배구 선수 출신이었다. 사실 따져 보면 출신이랄 것도 없지만…….

아무튼 김강호는 중학교 때까지는 상당히 잘나가는 배구 선수였다.

187cm란 신장이 중학교 때 키였고 서전트 점프가 96cm였으니 누가 봐도 환상의 기대주였다고 해도 무방할 정도였다.

그런데 운명은 그에게 배구를 그만두고 축구를 하라고 하는 모양이었다.

10년에 하나 나올까 말까 한 레프트 공격수라는 말을 들은 적도 있는 김강호는 교통사고를 당해서 탈골을 경험하게 되었다.

그런데 하필이면 김강호가 주로 쓰는 좌측 어깨였다.

이 탈골이란 것이 한 번 탈골이 되면 습관성 탈골이 되는 게 다반사였다.

결국 중3 때 배구계를 은퇴해야 하는 비극을 겪게 되었다.

김강호는 세상이 무너지는 아픔을 느끼고 엄청 방황을 했다.

공부를 하려고 했지만 초등학교 때부터 배구만 했지 언제 공부를 한 적이 있었던가?

그에게 구원의 동아줄이 된 사람은 70년대 우리나라 국가 대표 팀의 부동의 센터포드로 활약했었던 *김지한 선수였다. 집안 재당숙이기도 한 김지한과의 만남은 그에게 새로운 희망이 되어 주었던 것이다.

"야! 자식아, 사내 녀석이 배구를 못한다고 그렇게 찌질하게 살려면 아예 떼버리고 살도록 해라. 이 당숙은 축구하다가 야구 선수로도 뛰다가 다시 축구 선수가 되어 국가 대표까지 했다. 너처럼 그렇게 배구 못해서 곧 죽을 것처럼 행동할 것 같으면 어떻게 그럴 수 있었겠어?"

"……."

"니 아비 말을 들어보니까 서전트 점프가 96cm라며?

키도 있겠다, 그 정도 신장이면 예전의 나랑 비슷한 스펙
이니 어디 축구로 바꿔보렴. 이 당숙도 처음에는 헤딩만
잘했지 발 기술은 젬병이었어."

"당숙, 이제 곧 졸업을 하는데 어떻게 축구 선수로 고
등학교에 가겠어요?"

"좋아. 내가 너 축구 특기생으로 고등학교에 넣어주면
죽어라고 축구할 각오가 되어 있냐? 그런다면 내가 힘
좀 써 보마."

김강호는 당숙의 말에 솔깃해졌다. 나름 운동신경이
발달했다고 자부를 하고 있어 죽기 살기로 노력을 한다면
어느 정도 가능성이 있을 것 같았다.

"예, 당숙. 그러겠습니다."

당숙의 약속은 지켜졌고, 김강호는 축구 특기생으로
고등학교에 진학을 하게 되었다.

물론 적잖은 돈이 든 것은 부인할 수 없다.

김강호는 당숙과의 약속을 지키기 위해서 죽기 살기로
축구에 매달렸다.

그렇지만 노력의 방향을 잘못 잡았다. 187cm의 신장
에 96cm의 서전트 점프를 활용해서 헤딩을 특화시켰으
면 나름 괜찮은 축구 선수가 될 수 있었는데 죽어라고 발
기술에 매달리자 전혀 빛을 보지 못한 것이다.

결국 축구 선수로 고등학교를 졸업은 했는데 그를 눈여겨보는 팀이 없으니 축구마저 그만두게 될 형편에 처하게 되었다.

그리고 빈둥빈둥 놀다가 얼떨결에 누리 스포츠단에 시험을 보게 되었다.

결과는 의외로 합격이었다. 누리 축구단 감독으로 내정된 김장한이 김강호의 당숙뻘 되는 사람이었기 때문이다.

김장한은 김강호의 롤 모델로 육촌 형 되는 김지한으로 정하고 선발했던 것이다.

김강호의 축구 인생은 그렇게 다시 열리게 되었다.

*김지한 선수
여기서 김지한은 70년대 우리나라의 부동의 센터포드로 활약하신 김재한 선수를 가리킵니다. 김재한 선수는 25살이던 72년에 처음 태극마크를 달아 79년까지 대표 선수로 활약을 해서 A 매치 통산 33골, 클럽 팀과의 경기를 포함하면 태극 마크를 달고 총 51골을 기록했다. 좌 진국(김진국 선수), 우 범근(차범근 선수), 센터에 김

the 리더

재한 선수는 70년대 아시아에서 우리나라 축구를 돋보이게 만드는 환상적인 조합이었다.

김재한 선수는 탁월한 위치 선정 능력과 큰 키에서 내리꽂는 헤딩으로 키가 작은 동남아 선수들에게는 공포의 대상으로 군림했다. 그렇지만 키가 큰 호주와 이스라엘, 유럽 팀과의 활약은 좀 미미한 편이었다.

〈『더 리더』 7권에서 계속〉

the 리더

1판 1쇄 찍음 2012년 2월 7일
1판 1쇄 펴냄 2012년 2월 9일

지은이 | 희 배
펴낸이 | 정 필
펴낸곳 | 도서출판 뿔미디어

편집장 | 이재권
기획 · 편집 | 심재영
편집디자인 | 이진선
관리, 영업 | 김기환, 임순옥

출판등록 | 2002년 9월 11일 (제081-1-132호)
주소 | 부천시 원미구 상3동 533-3 아트프라자 503호 (우)420-861
전화 | 032)651-6513 / 팩스 032)651-6094
E-mail | BBULMEDIA@paran.com
홈페이지 | www.bbulmedia.com

값 8,000원

ISBN 978-89-6639-531-6 04810
ISBN 978-89-6639-165-3 04810 (세트)

고수를 찾아서

한병철 지음

뿔미디어가 자신 있게 추천하는
모든 장르 독자들의 필독서!
직접 발로 뛰고 귀로 듣고 눈으로 본 『현대무림백서』!

누구나 고수를 꿈꾸지만
누구나 고수가 될 수는 없다!
이 시대 현존하는 수많은 무예가들에게 묻다!

진정 고수는 존재하는 것인가?

실존하는 무술고수와의 대담
현대를 살아가는 무림을 엿보다!

발매중!
정가 19,800원

http://www.bbulmedia.com